КРАФТ

№ 103

Михаил Сегал

Гуманное прощание

Freedom Letters
Нью-Йорк
2024

freedom
letters

Сайт издательства *freedomletters.org*
Телеграм-канал *freedomltrs*
Инстаграм *freedomletterspublishing*

Издатель Георгий Урушадзе
Художник Даниил Вяткин
Технический директор Владимир Харитонов
Корректор ******** ****

Михаил Сегал. Гуманное прощание. — Нью-Йорк: Freedom
Letters, 2024.

ISBN 978-1-998447-50-3

Россия, конец XXI века. Люди живут размеренной жизнью, погружённые в вечерние телешоу и сериалы. Но самым захватывающим сериалом является «Гуманное прощание» — прямые эфиры введённой недавно смертной казни. Роман писателя и кинорежиссёра Михаила Сегала создаёт картину недалёкого будущего, где главные герои пытаются переиграть безжалостную машину государства.

Содержание

Глава первая. Гуманное прощание

— Дождь в середине века никуда не торопит. Сидишь себе в каком-нибудь сорок восьмом или шестьдесят первом, как в утробе, ещё не родившись. Если дождь слабый, он прибивает пыль к дороге, если сильный — срывает листья с кустарника.

Умной эту мысль назвать было нельзя, это вообще была не мысль, а, скорее, наблюдение. Вася любил слушать разговоры на Гуманных Прощаниях. Чего только не выдаст мозг человека за несколько минут до смерти. В такие моменты люди говорили на отвлечённые темы: научные, бытовые, вспоминали то, что слышали в новостях, — лишь бы говорить, лишь бы не остаться один на один со смертью, уже положившей руку на плечо. Что может случиться с человеком, обсуждающим футбольный матч или саженцы для дачи? Как будто смерть боится футбола, а люди, которым поручено тебя казнить, передумают.

Уважение к каждой жизни у нас в приоритете. Поэтому, когда снова ввели смертную казнь, сделали это по-человечески, цивилизованно. Около года приговорённый ждал в камере, а потом ему предоставлялось Гуманное Прощание. Родственники или друзья подавали заявку, и в назначенный день его приводили в комнату для прощаний.

Здесь всё было как в обычной квартире: стол, стулья, мягкая мебель, телевизор. Всё было продуманно с использованием современных технологий и отечественным программным обеспечением: в «окно», то есть на экран, запускали вид, который приговорённый привык видеть дома. Семья могла попить чаю, вспомнить интересные моменты из жизни, обняться и проститься.

Напротив «окна» была выстроена стена оранжевого цвета, ведь именно оранжевый, как доказали учёные, создаёт позитивный настрой. Будь стена серая или зелёная, люди могли бы впасть в уныние.

За стеной находился зрительный зал. Там сидели представители общественности для того, чтобы... «контролировать процесс» сказать будет неправильно: они ведь не могли ни на что влиять, но... Всё-таки — немного контролировать: если какое-то нарушение, грубость со стороны персонала или сокращение времени прощания. В этом и смысл цивилизованного подхода — в гражданском контроле. Потому что «цивилизация» — от латинского civis, «гражданин». Это раньше, в Средние века или в двадцатом, когда процветали тоталитарные режимы, жизнь человека ничего не стоила. Но сейчас, когда двадцать первый перевалил за середину, закончилось Объединение Государства, отгремела (ещё до Васиного рождения) Двадцатилетняя война, — сейчас с этим всё строго.

Вася сидел в первом ряду и с интересом слушал разговор Приговорённого с семьёй. За столом сидели: Приговорённый, его жена, сын лет шестнадцати, дочь чуть старше и пожилые родители. Говорили уже час без остановки.

Приговорённый сказал:

— Сейчас, в середине века, всё особенное. Всё способствует релаксации. Даже дождь за окном. Как будто цивилизация зависла в точке покоя и можно просто жить. Нет в этом истерики начала или конца века, как истерики начала и конца жизни, когда нужно к чему-то стремиться или, наоборот, — подводить итоги... Кстати, знаете, что «цивилизация» — от латинского civis, «гражданин»?

— Да, — сказал отец Приговорённого.

Сквозь стену было хорошо видно каждого из говорящих. Казалось даже, что стена, как лупа, слегка увеличивает. Приговорённый ел принесённый женой суп, причмокивал. Мать показывала последние семейные фото.

— Это Верочка... На отчётном концерте... А это Зина с Пашей на юбилее...

Члены семьи ели медленно, а Приговорённый ел быстро и быстро смотрел фотографии.

— Как на даче? — спросил он. — Что посадили?

Отец ответил:

— Сейчас пошла молодая картошка, чеснок пошёл.

— То-то я чувствую, что картошка сладкая, не зимняя, — Приговорённый подмигнул, — очень вкусно!

Отец возразил:

— Это зимняя, наоборот, бывает сладкая, если подмёрзнет.

Приговорённый тоже возразил:

— Это — сладкая в плохом смысле, а я — в хорошем имею в виду. А ля батат.

Все замолчали, и сын Приговорённого сказал деду:

— Батат — это африканская сладкая картошка.

— Я знаю, — ответил тот.

Представление было в самом разгаре, Вася наклонился к Лене и прошептал:

— Вы спрашивали про абсурд в критической ситуации. Вот сейчас начинается.

Лена, затаив дыхание, смотрела сквозь стену. Вася добавил:

— Обычно сначала про еду бывает, а потом пойдёт такой полёт, что никакой писатель не придумает.

Там за стеной воздух словно затвердел. Жена сказала:

— Я кинзу не стала класть, мало ли.

А отец добавил:

— Я до сих пор путаюсь, мы её сажаем?

Вопрос был адресован матери, но она не смогла ничего произнести. Отец уточнил:

— Это такая большая петрушка?

— Да, — сказала жена, — визуально. Но вкус другой.

— Жили всю жизнь, не было никакой кинзы, — покачал головой отец.

И все покачали головой. Мать отмерла:

— Я помню, когда топинамбур первый раз посадили — тоже никто не знал, что это.

А жена подлила мужу супа и сказала:

— Кстати, там есть корень сельдерея.

Люди в зрительном зале переглянулись, потому что стало непонятно: какая связь между топинамбуром и корнем сельдерея? И почему «кстати»? Семья замерла. Говорить о супе больше не получалось. Никто не решался посмотреть на часы. Мать вдохнула глубоко и снова стала показывать фотографии:

— Это вот Люся прислала из Новой Зеландии. Это их младший внук.

Приговорённый с интересом поддержал тему:

— Офигеть. Новая Зеландия, а выглядит, как у нас на даче.

Мать водила пальцем по планшету.

— Вот это он ходит, вот… упал.

А сын стал развивать мысль Приговорённого:

— Это на узком участке кажется, что похоже на нашу природу. В Новой Зеландии всё разное.

— Интересно! — сказал Приговорённый. — На что похоже?

— На Кавказ, на Чехию, иногда на Крым.

Голос сына дрожал, Приговорённый потрепал его по плечу:

— Ну да, не пальмы же…

А отец взял мать за руку. Сказал:

— Да. Пальмы — в Африке.

Лена вцепилась в руку Васи.

— Почему они об этом говорят?

— Я же обещал: такое специально не придумаешь! Им нужно просто говорить что угодно. Мозг в такие моменты выдаёт феерические вещи.

В комнате для прощаний выглянуло солнце.

— Новая Зеландия — родина воинственного народа маори, — сказал сын.

Приговорённый повернулся к дочери:

— Ты чего суп не ешь? Мама приготовила!

— Я ем, — ответила дочь.

— Вкусно?

— Вкусно, — ответила дочь.

— А вот кто победит: омоновец или воин маори? — весело спросил Приговорённый.

Жена посмотрела на него:

— Саша...

Но он отвёл взгляд.

— Нет, я просто — в качестве шутки! Сравнивали в школе, помнишь, кто победит: боксёр или каратист, кит или слон? Просто шутка такая: кто победит: омоновец или воин маори? Они же оба страшные... Вань, найди дедушке маори в планшете... Вот, пап, смотри. Страшный?

— Страшный, — сказал отец.

— Да! Смотри, топор какой!

Сын добавил:

— У них металла не было.

Мать уткнулась губами в руку Приговорённого, пропела остатком голоса:

— Сашенька...

Приговорённый не выдержал и поцеловал мать.

— Мамочка...

Жена первый раз решилась посмотреть на часы и тут же закрыла себе рот ладонью.

Приговорённый оторвался от матери и спросил сына:

— Так что там у них было с металлом?

— У них каменный век был, когда европейцы приплыли. Железа не было.

Сидящим в зрительном зале тоже стало видно время: на прозрачной стене включились часы с обратным отсчётом. Семья замерла, как будто превращённая колдовством в камень. В тишине послышался гулкий свист — это Приговорённый водил пальцем по кромке бокала.

— Да, — сказал он, — настоящий хрусталь.

Жена попробовала остановить его руку, но тот не позволил. Вьюга продолжила кружить по комнате.

— Это таким методом хрусталь определяется? — спросил сын.

— Да, — прошептала жена, — если свистит, значит, хрусталь.

Приговорённый подошёл к «окну».

— А вот интересно: что такое — хрусталь? Это же — как бы стекло? Почему он — хрусталь?

У Лены пошла носом кровь. Вася протянул ей салфетку.

— Это стекло с особым составом, — сказал отец, — там должна быть хотя бы четверть окиси свинца.

Одной рукой Лена держала у носа салфетку, другой закрыла себе рот.

Приговорённый продолжил:

— Понятно: это примерно как булат! По сути — сталь, но почему-то называется «булат»!

Отец посмотрел на часы.

— Булат — это тоже тип стали.

— Да, — заторопился Приговорённый, — но говорят же: «булат», значит, он чем-то отличается?

— Методом закалки, — сказал отец, — раньше не было современных технологий, нужно было раскалить металл, выковать, а потом его давали в руки всаднику, и он должен был очень быстро скакать. Металл охлаждался, и такая сталь называлась булат.

К обсуждению подключился сын Приговорённого:

— А почему в воду нельзя было положить, чтобы охладился?

— Потому что тогда сталь слишком быстро остывала, и получался неправильный мартенсит, — сказал дед.

— А что такое мартенсит?

— Молекулярная структура металла.

Со стороны зрительного зала к двери уже подошли официальные лица и те, кто должен был приводить приговор в исполнение: двое в униформе и двое в белых халатах.

Жена обняла Приговорённого.

— Сашенька, — сказала она.

— Машенька, — ответил он и обнял жену.

Мать разложила торт на блюдцах, и тут же в комнату вошли работники тюрьмы. Главный в штатском сказал:

— Время закончилось. Я прошу семью выйти в зал за стеной.

Никто никуда не пошёл. Жена сказала:

— Скажите, пожалуйста, а можно мы чай выпьем с тортом, это же просто несколько минут?

Главный в штатском подумал и сказал:

— Можно.

Но их уже не оставили одних, пришедшие остались стоять у стола. Семья молчала. Торт не ели, чай не пили. Оно и понятно: напряжённый момент.

Тогда главный в штатском сказал Приговорённому.

— Теперь всё. Вставайте.

— Да, — сказал тот и не двинулся с места.

Жена и мать стали гладить его ладони.

— Вставайте, — повторил главный.

Мать обвила шею Приговорённого, намертво замкнула руки. Люди в форме стали её оттаскивать: сначала деликатно, потом неделикатно. Мать скулила, а жена сначала говорила: «Пожалуйста, я вас очень прошу», а потом уже никаких слов стало не разобрать. Она тоже стала скулить и выть. Приговорённого подняли, посадили на другой стул. Женщины кинулись в ноги главному, и один раз среди воя вдруг разборчиво прозвучало: «Может быть, можно что-то сделать?» Остальные члены семьи понимали, что ничего сделать нельзя, и сидели, глядя перед собой. Люди в форме увели всех, а ползающих по полу женщин унесли за руки и за ноги. Приговорённому закрыли лицо маской с чем-то усыпляющим, он обмяк, человек в белом халате сделал инъекцию. Немного подождали. Потом этот же, в халате, проверил Приговорённому пульс, а главный в штатском сказал:

— Согласно закону Российской Федерации № 273884, принятому на основании распоряжения № 7583 об отмене моратория на смертную казнь, в рамках осуществления реализации приведения в исполнение приговора о смертной казни на территории исправительного учреждения повышенной комфортности № 85, приговор № 415 приведён в исполнение с процедурой Гуманного Прощания в камере повышенной комфортности № 1.

Солнце и город в «окне» погасли, прозрачная стена превратилась в глухую, зрители стали расходиться. В коридоре и позже на парковке все поглядывали на Васю, пара человек попросили с ним сфотографироваться. Красивая журналистка обогнала, улыбнулась:

— Василий Иванович, мы к вам придём в следующую субботу. Ваш же через неделю?

— Да, — ответил Вася и быстро увёл Лену.

Глава вторая. Звезда

— А бывают сериалы не про маньяков? — спросил Вася.

Все засмеялись, потому что Вася хорошо пошутил. Если подумать, то действительно: что ни сериал — маньяк и следователь.

— Ладно на нас так наезжать! — сказал режиссёр. — Мы стараемся каждую историю делать интересной. А маньяк и следователь — это только архетипическая оболочка, вроде сказочных героев.

— Я столько умных слов не знаю, — сказал Вася, и опять все засмеялись. Опять получилось, что он всех перешутил.

Год назад в Васиной жизни произошли изменения. Он был молодым — даже не следователем, а практикантом. И на первом же деле в далёком Ярске буквально за день обнаружил маньяка, которого не могли найти годами, из-за которого чуть не казнили несколько невиновных людей. Дело было громкое, об этих убийствах постоянно говорили в прессе. Ярск, известный до этого торговлей с Китаем, художественной гимнастикой и самым широким разливом Златококши, стал ассоциироваться с чем-то чёрным, страшным, ездить туда боялись. И чемпионаты по гимнастике отменили.

Вася приехал, походил, посмотрел — и указал на маньяка. Это сразу стало всероссийской новостью, а Вася — звездой. Его показали по одному каналу, по другому, начали брать интервью. Хотели даже про него сериал снять, но потом как звезду и в целом парня неглупого стали приглашать на сериалы в качестве консультанта. Чтобы он сценаристам и режиссёрам рассказывал, как всё бывает в реальности, какая психология у маньяка, — чтобы в целом правдиво получалось. Помимо того, всем просто лестно было иметь в съёмочной группе человека, которого узнавали на улицах и приглашали на интервью. На основной работе Васе разрешили отсутствовать, так как рассудили, что он создаёт положительный образ работника полиции.

Сегодня была очередная съёмка. Дождь лил мелкий, противный, но после обеда всё равно решили продолжить. Режиссёр сказал, что для сериала про маньяков так даже красивее будет.

— А бывают сериалы не про маньяков? — спросил Вася.

Все засмеялись, работа возобновилась.

Вася сидел в палатке, защищавшей группу от дождя, потягивал чай и смотрел в монитор. Там история разворачивалась нешуточная: около трупа женщины, найденного у железной дороги, работали эксперты, какой-то мужчина рыдал, пытался прорваться сквозь оцепление с овчарками, подъехала машина, откуда вышли матёрый капитан и девушка-следователь. Они подошли к трупу, молодой лейтенант сказал:

— Товарищ капитан, ещё один труп.

— Вижу, не слепой. — Капитан приподнял край чёрного пакета. — Когда это случилось?

В разговор вступил интеллигентный эксперт:

— Сложно сказать. У неё в сумочке был чек из магазина от шестого числа.

— Значит, — прищурился капитан, — труп пролежал здесь не более трёх суток!

— А не менее? — спросил лейтенант.

— Вот вопрос! — сказала девушка-следователь.

Продюсер сериала обернулся к Васе и извинился:

— Тут диалоги не на высоте. Мы потом улучшим.

Лейтенант уже провожал приехавших обратно к машине.

— Товарищ капитан... Какие мотивы могли быть у маньяка?

Капитан щурился сильнее, думал тщательнее.

— Какие тут могут быть мотивы? Он маньяк, этого достаточно... Пробейте по базе...

После съёмок поехали в офис: думать, что улучшить, и в целом обсохнуть. Вася стоял у окна, смотрел, как напротив, на крыше старого рынка, морды чугунных львов стали под дождём гладкими и, как бутылочное стекло, почти прозрачными. Продюсер попросил дать замечания, Вася оторвался от львов:

— Во-первых, не нужно сто следователей и собак, никто в таком составе на место преступления не приезжает.

— Зрители не разбираются, а для кадра это эффектнее, — стал объяснять режиссёр.

Продюсер, извиняясь за него, улыбнулся:

— А что скажете про диалоги? Так говорят на месте преступления?

— Ну это вам решать, это ведь ваш сюжет.

— Василий Иванович, — красивым низким голосом заговорил сценарист, — а вот меня мотивация маньяка интересует. Я, в принципе, могу подправить к следующей серии.

— Ну у вас там отлично сказано: «Он маньяк — какая ещё нужна мотивация?»

Но сценарист хотел копнуть глубже.

— Мне кажется, что главное здесь — нелюбовь. Человек никого не любит и поэтому убивает. Ему нужно получить те эмоции, которые нормальному человеку даёт любовь.

Вася кивнул:

— Классная идея!

Сценарист воодушевился:

— Такой круговорот нелюбви в природе! Каждый недополучает любовь, родители не любят детей, люди людей, и в какой-то момент это перерастает в убийства.

Вася снова кивнул:

— Офигенно!

К разговору подключились режиссёр и продюсер:

— Хотелось бы понимать, как типичнее? По вашему опыту?

— Да, Василий Иванович, вы же не понаслышке о маньяках знаете.

— Я долго размышлял над природой насилия, — сказал сценарист, — написал этот сериал ещё лет пять назад, когда опять смертную казнь ввели.

Он сидел с открытой посередине тетрадью, водил по чистым листам карандашом. «Девушка-следователь» удобно устроилась на диване, накрыла ноги курткой и восхищённо смотрела на него.

— Просто по логике, — продолжил сценарист, — факт смертной казни должен сдерживать. Убийств должно было меньше стать. А их стало больше. Что с мотивацией у убийц?.. Недостаток любви…

Режиссёр поддержал его:

— Да, не хочется штампов! Он маньяк, но он же не двадцать четыре часа в сутки маньяк. Он же не живёт на какой-нибудь Джекопотрошительной, 13, со страшным лицом каждую секунду!

— Значит, они это делают без всякой мотивации? — спросила «девушка-следователь».

— Это Ира, актриса, — сказал Васе продюсер, — Вы её на площадке видели.

— Девушка-следователь, — представилась Ира.

Актёр, игравший матёрого капитана, сказал:

— Извините. Я просто тут давно сижу. А мне обязательно ту фразу говорить?

Его не поняли.

— Какую?

— «Пробейте по базе». Мы же договаривались обсудить. Я не могу произносить такое клише. У меня в каждом сериале раза три есть фраза «Пробейте по базе».

Сценарист устало посмотрел на продюсера:

— Можно этот вопрос потом решить?

Актёр обиделся и вышел. Внизу замигала приехавшая за Васей полицейская машина. Продюсер сказал:

— Василий Иванович, простите ради бога, мы тут сами всё закончим! Вам же на реальные дела нужно!

Вася попрощался и поехал на следующую площадку — к другой съёмочной группе. Там его тоже любили, ждали и с особенным трепетом встречали, когда он приезжал на «полицейской». Это работало безотказно: всем казалось, что он только что «с дела», что ловит очередного маньяка. Поэтому вопросов задавали мало, кормили, а раз в месяц платили зарплату.

Съёмки уже начались, он зашёл в палатку и уселся на подготовленный для него стул. Снимали захватывающую сцену: около леса обнаружили труп женщины. Молодой лейтенант встретил приехавших капитана и женщину-следователя:

— Товарищ капитан, ещё один труп.

Обступили тело. Подошёл эксперт.

— В сумке найдены помада, телефон и... листок с нотами.

— С нотами? — спросил лейтенант.

— С нотами? — повторила женщина-следователь и взяла в руки листок. — Названия нет, оторвано.

Капитан вгляделся в ноты и что-то напел, пошевелил губами.

— Филипп Гласс, — сказал он, — «La Belle et la Bête».

Затем пояснил:

— Опера «Красавица и чудовище».

Женщина-следователь посмотрела на него с восхищением.

— Пробили по базе? — спросил капитан.

— Так точно, — ответил лейтенант, — пробили! Она играла в оркестре.

Луна озарила лицо капитана, он прошептал:

— И зачем-то вырвала ноты...

— Вот вопрос! — прошептала женщина-следователь.

Эта группа Васе нравилась больше. Общаться было легче, кормили вкуснее. Он охотно поехал на съёмки следующей сцены в концертный зал. Там снимали про то, как женщину убили, то есть предыдущие события. Оказалось, убийца — дирижёр. Женщина играла на виолончели, тут он к ней подкрался и со словами «Сейчас я сыграю своё последнее адажио» задушил. Сопротивляясь, она схватилась за ноты и вырвала листок — как раз без названия. Васе стали задавать вопросы: всё ли правдиво.

— Не пережали? Не искусственно?

— Да нет, очень здорово! Про адажио — класс.

И вдруг заговорила женщина, которую Вася раньше не видел. Невысокая, с умными глазами.

— Есть проблема, это я виновата... Как ему теперь труп тащить за город?

Их познакомили. Это была Лена, сценарист сериала.

— Мы же только сняли, что её нашли в овраге, — сказала она.

Васе захотелось защитить Лену, и он предположил, что дирижёр пригласил виолончелистку на прогулку и там придушил. Но эта идея не понравилась режиссёру. Он замахал руками:

— Я не хочу ничего переснимать! Мне сразу виделось, что он её душит в симфонической обстановке! Это — круто! Это — сцена из хорошего европейского кино! А душить в лесу — это с художественной точки зрения вот такой уровень, — он наклонился и показал ладонь рядом с полом.

Вася предложил транспортировать тело в чехле от контрабаса. Это всех устроило, и Лена с благодарностью посмотрела на Васю. Получилось, что он ей немного помог.

После съёмок поехали в бар, там общались и даже танцевали. Вася сел спиной ко входу, но это его не уберегло: люди подходили, жали руки, фотографировались. «Виолончелистка» подсела с бокалом вина.

— С вами так интересно!

Вася не расслышал, и тогда она повторила ему на ухо, коснувшись губами:

— С вами интересно!

— Скажите, — поинтересовался незнакомый мужчина, — а скоро вашего маньяка будут казнить? Вроде бы год прошёл?

— Скоро, — сказал Вася.

— А можно с вами сфотографироваться?

С каждым подходившим человеком виолончелистка всё нежнее смотрела на Васю. Снова шепнула на ухо:

— Наверное, вам с нами не очень интересно! У нас всё понарошку, а вы внутри настоящей деятельности!

Подходили и подходили: «Извините, а вы Василий?» «Спасибо вам!» «Спасибо, что сохранили кучу жизней!» Потом все смотрели какой-то второй тайм и кричали, и Вася зачем-то кричал, хотя не болел ни за кого. Потом режиссёр звал всех к себе домой играть во что-то, а виолончелистка пыталась договориться о личной встрече, чтобы Вася рассказал о психологии жертвы, что крайне важно для роли. Вечер никак не мог закончиться и замер в абсолютной неподвижности. На одной чаше лежало «нечего делать», а на другой — «нечего делать». И каждое «нечего делать» весило одинаково, словно отлитое на фабрике мер и весов.

И тут кто-то сказал, что на вечеринке будет Лена. Вопрос решился сам собой! Прыгнули в такси, поехали. Москва, как беговая дорожка, помчалась навстречу, до квартиры режиссёра добрались быстро. Там, прокравшись сквозь груду чужой обуви, Вася упал на диван рядом с аквариумом и стал ждать.

Лена пришла такая же, какой он её недавно видел, неизменившаяся. И дело не в том, что она должна была как-то особенно измениться, просто... она вообще не изменилась. Как будто ни на съёмочной площадке, ни здесь она не принадлежала ни тому, ни этому пространству, они огибали её и улетали дальше в свой космос. А она просто была: с этим ретрокаре, с ходящими лопатками под водолазкой, со своей улыбкой, серьёзностью, глазами, левой рукой, правой рукой, каждым вдохом и выдохом.

Вася не хотел ни во что играть, но Лена потянула его за руку.

— Это прикольно, развивает наблюдательность!

В первой игре человек отворачивался, ему называли имя кого-то из присутствующих, и нужно был вспомнить, во что тот сегодня одет — до мельчайших деталей. У режиссёра получалось лучше всего. Ему загадали виолончелистку, и он сразу выдал:

— Синяя кофта, бусы... Джинсы голубые! Бордовая помада!

Все захлопали и загадали какого-то Андрея.

— Голубая рубашка, пиджак, очки в металлической оправе, тёмные штаны, светлые носки.

Васю заставили играть, и у него ничего не вышло, он не угадал.

— Я говорил: у меня не получится!

Потом были игры, которые развивают логику, интуицию и даже страх — нужно было из какой-то пирамидки вытаскивать нижние элементы и ставить наверх, чтобы она не развалилась. Это режиссёр пошутил, когда Вася спросил, что развивает эта игра. Сделал серьёзное лицо и сказал: «Страх». Все засмеялись. Вообще, он был парень остроумный, шутил даже лучше Васи. А Вася и тут проиграл: деревянные дощечки разлетелись во все стороны, загремели по паркету.

Оказались на балконе с Леной.

— Вы не такой, как по телевизору, — сказала она, — не похожи на Шерлока Холмса. Я думала, у вас суперспособности: интуиция, наблюдательность.

— А я всем проиграл! — улыбнулся Вася.

— Думаю, не в этом дело.

— А в чём?

— Просто всё, что здесь происходит, не имеет значения.

Утром Вася шёл по переулкам, и Москва уже не катилась навстречу, а твёрдо лежала под ногами, согревала тёплым асфальтом. Он заглянул к своим «центральным» друзьям, Пете и Оле. Ему обрадовались, стали кормить яичницей. Было хорошо. Глядя на них, Вася всегда думал, что нет ничего в мире лучше, чем брак и совместная жизнь.

Петя, как обычно, начал обзывать Васю богемой.

— Ну что, богема, ешь, приходи в себя.

Яичница была вкусной, непонятно, что Оля туда добавляла.

— Я часик посплю и пойду.

— Да спи сколько хочешь!

— Не, у меня интервью скоро. Просто так получилось — вечеринка закончилась прямо рядом с вами.

Оля поставила перед ним кофе.

— Имеешь право, ты же звезда.

Он ел, а они смотрели на него, как зрители в театре, как болельщики на матче. Как лучшие друзья. Как его брат и сестра. Как небо и трава, которые просто есть от рождения до смерти. Петя изобразил строгость:

— Обидно другое: что без такой вот оказии ты уже сто лет не заходил.

— Ну прекрати! — сказала Оля — Не наезжай на Васю! Он теперь — общественное достояние.

Помимо этого, они успевали говорить друг с другом. Оля задумчиво наклонила голову:

— Мне сделать дулю или хвостик?

Петя погладил её.

— Хвостик.

Как будто они не только приютили его этим утром, но и впустили в своё утро. Стало стыдно, что давно им не звонил.

— Вы ведь тоже не заходите! Почему претензии ко мне?

— Логично! — засмеялся Петя.

— Вот и приходите в любой момент.

— Ну мало ли, вдруг ты там не один.

Вася отрицательно замотал головой. А Оля сказала:

— Я вижу, он в кого-то влюблён — как-то так тонко, под тридцать градусов, а нам почему-то не говорит.

Они попытались добиться от него — «кто принцесса?», но Вася только отшучивался. Тогда Петя стал спрашивать, какие у богемы нравы, выяснять пикантные подробности. Оля перестала скромничать и тоже включилась в допрос.

— А правда, что у них там...

— А правда, что они... Ну, это...

— Ну... Говорят же, что там...

Вася уверял их, что они просто телека насмотрелись. Что ничего «такого» там нет. Петя был разочарован.

— Значит, всё врут про оргии.

— Врут, — подтвердил Вася.

— Блин, скучно жить, — сказала Оля, — а мы-то думали... Думали, раз ты под утро с богемной вечеринки... Вы там...

И Петя добавил.

— Что у вас там был какой-нибудь... секс.

— Да нет, — уже засыпая, сказал Вася, — наоборот, все очень доброжелательно друг к другу относились.

Замерли на секунду и захохотали.

— Смешно получилось, — промурлыкала Оля, и они обнялись втроём.

Глава третья. Казнь

Вася рассказал Лене про другой сериал, где тоже работает консультантом. Лена долго смеялась, узнав, что и сюжет, и реплики там как две капли воды похожи на то, что написала она.

— И что, у них следователь из Москвы тоже едет в маленький город расследовать суперубийство?

— Именно.

— Черт, мне даже стыдно… Ведь сценаристы — это всё разные люди. Но… Если все люди разные, почему тогда сериалы такие одинаковые?

— Да нет, — сказал Вася, — все люди одинаковые.

Лена помолчала и сказала:

— Я хотела возразить, а потом вдумалась. Наверное, вы правы. Не то чтобы совсем правы, но я понимаю, о чём вы.

На следующий день они случайно оказались около этой стены. Договорились встретиться, гуляли по лесу, а потом увидели её. Конечно, это был какой-то дом, но такой длинный и без окон, что казалось, что это стена. И непонятно, зачем здесь было кафе: ни дороги рядом, ни улиц. Не для тех же, кто выходит из леса. Потрёпанная ветром полосатая маркиза нависала над несколькими столами, Вася и Лена пили кофе тут уже около часа.

— Дело в том, что я мало знаю жизнь, — сказала Лена, — ну то есть я знаю свою жизнь, а всю остальную — из книг, из телевизора. И другие сценаристы так же… А вы меня возьмёте как-нибудь?

— Куда? — спросил Вася.

— Ну… Как сказать… На дело.

Вася улыбнулся.

— «Взять на дело» — это у вас как «пробить по базе»?

Лена тоже улыбнулась.

— Видите, сколько во мне ерунды сидит? Мне нужно увидеть что-то настоящее. Чего никто из моих коллег не видел.

— Это очень отличается от сериалов, — сказал Вася, — и вряд ли вам понравится.

— Ну я вас очень прошу, это под мою ответственность! Я взрослая девочка, я смогу смотреть на кровь и... на всё в таком роде. Мне важно знать, как на самом деле разговаривают люди. Какая логика у них в голове.

— Видите на мне костюм? — сказал Вася.

— Да, сегодня вы какой-то другой, на себя не похожи.

— А у вас есть что-то более официальное?

— Да, пиджак в машине. А что?

— И нервы у вас крепкие?

Лена уверила Васю в том, что крепкие, и ещё раз сообщила, что она «взрослая девочка».

За её волосами лежал лес, хорошо было сидеть рядом.

— Вы знаете, что такое Гуманное Прощание?

— Да, я смотрела по телевизору. Это когда...

— Когда казнят преступника, но делают это гуманно. Дают поговорить с близкими в нормальной обстановке. И я вот сейчас еду на такое мероприятие.

— Погодите, даже не верится. И меня туда пустят?

— Со мной — да.

— Господи, ну конечно же, я хочу!

— Увидите: там люди говорят такое, что специально не придумаешь.

— Но я даже не накрашена, у меня мешки под глазами!

— Там все сидят в тёмном зале и друг на друга не смотрят.

Тем не менее, вернувшись к машине, Лена первым делом посмотрелась в зеркало, привела себя в порядок. Поехали. И вроде ничего не произошло, но как будто — произошло, и Васе показалось, что он стал для неё уже чем-то особенным, ведь остальные могут пригласить разве что в кино, а он — на Гуманное Прощание.

Дорога была лёгкой. Ехали-ехали, два раза открыли окно, два раза закрыли, останавливались смотреть на поле.

Наблюдателей собралось с четыре десятка, они здоровались ещё на стоянке, улыбались. Многие были друг с другом знакомы: журналисты, представители общественных организаций, кто-то там по правам человека. Но, конечно, основное внимание было к Васе. Когда он появился, все притихли, закивали, стали фотографировать. Вася оформил Лене пропуск, они прошли в зал. Всё уже было готово, красные бархатные кресла пахли свежестью, рядом с каждым подлокотником стояла бутылочка воды. На Васю с Леной поглядывали, шептались, и Вася подумал, что если пойдут какие-то разговоры, ему будет приятно.

Зашёл главный человек в штатском, повторил правила поведения: не снимать, не ходить. Потом минут пять шла реклама. Не сказать, что навязчивая — скорее социальная, о семейных ценностях и любви к родине. Было хорошо смотреть на бескрайние просторы России, на то, как лиственные леса сменяет тайга, поля сменяют степи, а реки не перестают быть широкими даже с высоты птичьего полёта.

Потом стена стала прозрачной, за ней появилась комната — обычная, какие бывают в любой квартире, а за окном — обычный район с многоэтажками. Это было не настоящее окно, а экран, но выглядело всё точь-в-точь как в жизни: играли дети, шли автобусы, чуть выше виднелись дальние улицы. В комнате уже сидели мать с сыном лет шестнадцати и дочерью чуть старше и пожилая пара — видимо, их дедушка и бабушка. Они принесли с собой суп в кастрюле, но пока не разливали. Ввели человека.

— Это Приговорённый, — шепнул Вася.

Семья обнялась, и бабушка стала разливать суп. Потом ели и разговаривали. Они не прощались, не клялись друг другу в любви. Начали с разговора о погоде, но о ней не поговоришь долго. Перед глазами был только суп, и Приговорённый спросил, как его готовили. Мать и жена стали охотно рассказывать, хватаясь за каждое слово, за каждый вдох между словами, лишь бы не допустить тишины.

— Мне кажется, такой нежный вкус — от сочетания сметаны и оливкового масла, — сказал Приговорённый, — обычно ведь добавляют либо то, либо другое.

— Да, — сказала мать.

— Да, — сказала жена. — Я сначала хотела сливочное добавить.

— Конечно, — сказал Приговорённый, — но сочетание сливочного и сметаны всё же ожидаемо. А вот оливковое и сметана — это интересно.

Жена стала рассказывать, что сначала варит фасоль, потом кидает морковку и корень сельдерея. Поговорили даже о том, что особый вкус супу придаёт сладковатый вкус картошки. Потом пошли совсем странные темы: про природу Новой Зеландии и воинов маори.

Лена не притронулась к бутылочке с водой, которую Вася открыл для неё. Просто держала кулак у рта, чтобы не издать ни звука.

— Его же сейчас... Почему они об этом разговаривают?

Вася указал ладонью на прозрачную стену — мол, потом поговорим, сейчас важно не пропустить интересное. Стена, как увеличительное стекло, приближала происходящее, казалось, что до людей в комнате можно дотронуться рукой. Приговорённый посмотрел в глаза Лене и сказал:

— Кстати, в современном дизайне есть тенденция — красить стены в жёлтый и оранжевый цвета, чтобы при малейшем свете казалось, что погода солнечная.

— Он на меня посмотрел, — прошептала Лена.

— Он не может вас видеть, для него это стена.

— А если и так солнечно? — спросил сын.

— Ну понятно, что это делают там, где большинство дней в году пасмурно — на Севере, например. В таких регионах у людей возникает депрессия, и цветные стены помогают решать проблему.

— А если человек — дальтоник? — спросил пожилой отец.

— Конечно, в данной ситуации жёлтый не поможет, — сказал Приговорённый, — хотя смотря где. В Японии, например, люди различают цвета лучше, у них даже названий цветов в сто раз больше, чем у остальных народов.

Жена Приговорённого посмотрела на часы и закрыла себе рот рукой.

— Но если японец — дальтоник, — сказал отец, — он ведь просто дальтоник, неважно, что в целом они различают цвета лучше.

Секунду подумали, и Приговорённый сказал:

— Не знаю. Может быть, японский дальтоник различает цвета чуть лучше, чем любой другой.

Лене захотелось, чтобы стена между этой семьёй и зрительным залом стала размером в несколько галактик, чтобы, пока здесь кончаются полминуты, на том конце оставались миллионы лет. Но так не получилось. Люди в форме и люди в штатском зашли в комнату, объявили, что время закончилось.

— Я прошу семью выйти, — сказал главный.

Никто не вышел. Жена сказала:

— Скажите, пожалуйста, а можно мы чай выпьем с тортом, это же просто несколько минут?

— Можно, — сказал главный.

Потом женщины стали умолять, валяться в ногах, а дед и внук сидели спокойно, потому что знали, что ничего нельзя поделать, и дочь сидела спокойно, потому что не вошла ещё в тот возраст женщины, когда воют и валяются в ногах. Жену и мать вынесли за руки и за ноги, Лена невольно поджала свои. Приговорённый остался один, его сначала усыпили какой-то маской, а потом сделали инъекцию. Главный сказал:

— Согласно закону Российской Федерации № 273884, принятому на основании распоряжения № 7583 об отмене моратория на смертную казнь, в рамках осуществления реализации приведения в исполнение приговора о смертной казни на территории исправительного учреждения повышенной комфортности № 85, приговор № 415 приведён в исполнение с процедурой Гуманного Прощания в камере повышенной комфортности № 1.

Наблюдатели молчали. Главный зашёл в зрительный зал и попросил членов комиссии пройти с ним. Несколько человек, и Вася тоже, прошли в комнату для прощаний, подписали бумаги, разложенные на столе рядом с ещё дымящимся супом и нетронутым тортом. Город за окном выключили, дети и автобусы исчезли, стена перестала быть прозрачной, по ней опять запустили что-то про родину.

Потом на парковке Лена долго не могла тронуться с места, её машина оставалась там последней. Даже семья Приговорённого уехала: вышли из дверей учреждения, сели, пристегнулись и, помигав поворотником, неторопливо вырулили на трассу.

— Кто был этот человек? — наконец спросила Лена.

— Вообще не в курсе. Наверное, опасный преступник. Может быть, Враг Родины. Приговорили, привели в исполнение. Я как член комиссии должен был присутствовать.

— А ваш маньяк?

— Мой через неделю.

Лена вспомнила, как на выходе к Васе подходили красивые журналистки и договаривались об интервью. По сравнению с сегодняшней рядовой казнью Васин маньяк был знаменитостью.

— Можно будет с вами пойти?

— Хотите в сериал вставить?

— Нет. — Лена завела машину и тронулась. — Это не пропустят в любом случае...

Уже на большой дороге, миновав лес и красивые поля, она спросила:

— Зачем вообще всё это делают?

Вася не понял.

— Зачем дают вот так с родственниками прощаться? Это ведь ещё хуже.

Вася улыбнулся:

— Ну... Это гуманизм. Они же любят друг друга.

— Любят, но ничего не могут сделать! От тебя отрывают любимого человека, чтобы убить, а ты... Получается, любовь вообще никак не может защитить?

В городе Вася взял такси и поехал домой. Он думал о Лене. Они простились, не договариваясь о новой встрече, как будто знали друг друга двадцать лет и собирались прожить ещё двадцать — если не вместе, то ни на день не упуская друг друга из вида.

Следующая неделя прошла в интервью и поздравлениях. В прессе стали писать о приближающейся казни «того самого» ярского маньяка, Вася почти не снимал костюма. Два раза пришёл на телевидение на утренние шоу и один раз на вечернее. Не на развлекательное, конечно (это было бы неуместно), а на интеллектуальное, к одному очень старому и уважаемому ведущему.

Ведущий сказал, что рад познакомиться, и протянул руку. От руки пахло детским мылом или даже самим младенцем, словно её обладатель был настолько светел, что вступил в ещё не дряхлую старость, как в новую невинность. Его рубашка самого нежного в мире хлопка, свитер самой тонкой в мире шерсти, щегольские туфли и скромные дорогие часы казались почти нематериальными предметами на почти нематериальном теле. Как будто, он перестал быть человеком и превратился в мудрость, или даже — непосредственно в правоту. Хотелось сразу во всём с ним соглашаться.

Камеры включились, Ведущий начал:

— Я долго думал, у кого из людей предыдущих эпох я хотел бы взять интервью. И понял, что это был бы не реальный человек, а кумир моего детства Шерлок Холмс. Я всегда восхищался тем, что мне недоступно: логическим мышлением, способностью анализировать, но главное — не сухо, формально, а во имя чего-то человеческого, во имя добра. Я хочу представить сегодняшнего гостя...

Он напомнил зрителям Васину историю, рассказал о том, как хорошо снова зажили люди в Ярске, возобновилась торговля с Китаем и художественная гимнастика, а потом достал из-под стола красивую коробочку и сказал, что Васино руководство попросило сделать сюрприз в прямом эфире: Васю повышают в звании. В коробочке лежали погоны. Вася поблагодарил, а Ведущий продолжил хвалить его, как будто это было не интервью, а проводы Васю на пенсию и вступление, несмотря на возраст, в клуб пахнущих детским мылом всегда правых людей. Потом Ведущий задумался.

— Знаете, я, как и многие наши сограждане, думал над целесообразностью возвращения смертной казни — сомневался, сопоставлял с западными странами, которые очень хорошо знаю. Но со временем понял, что это был крайне разумный и гуманистический шаг. Как вы думаете, что мы можем ответить на сомнения тех, кто до сих пор против?

Он вроде бы задал вопрос, а по сути уже сообщил Васе своё мнение и этим «мы» привлёк его на свою сторону.

— Не знаю, — сказал Вася, — я не обсуждаю законодательство. Моё дело найти преступника.

— Интересно! — улыбнулся Ведущий. — Мне нравится такой ясный взгляд на жизнь! Ведь этого нам и не хватает: просто быть человеком на своём месте! Я раньше тоже много размышлял о глобальных вещах, а потом подумал: я же ничего в них не понимаю! Я могу только брать интервью (возможно, лучше многих) и должен просто хорошо делать свою работу!

— Согласен, — улыбнулся Вася.

— Наш канал будет рассказывать о ходе казни вашего маньяка, и, я думаю, этот эфир станет общественно значимым. Ведь если преступники будут видеть, что их настигнет кара, количество преступлений сократится!

Вася кивнул.

— А так называемым гуманистам я хочу сказать, что добро должно уметь защищать себя. Раньше я придерживался других взглядов, считал, что нужно, как говорится, «подставлять щёку». Но разве преступники подставят щёку нам? Не государство же ходит по улицам и убивает людей! Оно наносит ответный удар! Как вы считаете, Василий?

Он был похож на доброго дедушку, было приятно сидеть с ним рядом, слушать, ловить лучи его улыбки. Наверное, можно даже было посидеть у него на коленках. Ведущий поправил свои лучшие в мире очки и сказал:

— Нет уж, извините! Государство ведь может отвечать жёстко, если на него напали извне? Это ведь никого не смущает? Почему же начинает смущать, если оно защищает себя от внутренней угрозы: от Врагов Родины или таких вот маньяков, которые посягают на жизнь граждан? Как вы считаете, Василий?

Вася что-то ответил, а закончилось всё короткими вопросами из разных областей жизни. В конце было: «Пока люди любят друг друга, они... — продолжите фразу». Так же, как и на вечеринке, где играли в игры, Вася растерялся, ответил какую-то чушь, потом переживал. Накануне он сказал Лене про эфир и понимал, что она сейчас смотрит. Лена и так знала, что он человек узнаваемый, но попасть на шоу к Ведущему было очень круто, там оказывались только главные звёзды.

Его проводили с цветами, отвезли домой, а утром были новые встречи, новые слова восхищения. Позвонили из книжного издательства. Главный редактор разговаривал почтительно, как будто редактором был Вася, а сам он — начинающим автором, предлагающим сочинение.

— Василий, мы бы хотели оперативно выпустить книгу о вас. О вашем детстве, о том, как вы воспитывали в себе нужные качества, как раскрыли преступление, ну и в конце — впечатление от казни — так сказать, финал истории.

Вася представил, как Лена подходит к своему любимому книжному и видит его лицо в витрине. Вечером он уже был в издательстве, его фотографировали, а журналист, писавший книгу, три часа задавал вопросы и записывал всё на диктофон.

На работе, в Главном управлении полиции, удивили так удивили. Сначала устроили банкет. Говорили много хорошего, уже всерьёз презентовали новый китель с погонами, а потом Игорь Николаевич, непосредственный начальник, сказал:

— Думаю, уже можно... Василий... Вася. Ты не просто спас город, не просто нашёл маньяка: ты показал всей стране, что зло наказуемо, что государство может защитить людей. И в преддверии этой такой важной для тебя казни я от лица министерства хочу... А впрочем... Пусть министерство само скажет.

Заиграла музыка, все встали, вошёл министр и пожал руки Игорю Николаевичу и Васе.

— Вольно! — пошутил министр. — Ну давайте без лишних слов! Мы подумали, что такому хорошему парню нужна хорошая квартира. Держи, Василий!

И вручил Васе ключи.

С банкета Вася поехал на съёмочную площадку: сначала к первой группе, а потом к Лениной, правда, её самой не было. Все, естественно, видели интервью с Ведущим, знали, что скоро казнь, и искренне за Васю радовались. Вручили подарок — футболку с кинокамерой, как будто он часть их дружной команды. После съёмок «виолончелистка» предложила подвезти его на своей машине, но Вася вежливо отказался, понимая, что об этом может узнать Лена. Конечно, если подумать, они с Леной просто один раз погуляли и съездили на Гуманное Прощание. Ничего же не было. Но всё равно.

Последний день перед казнью получился коротким и радостным. Сначала Вася поехал в МГУ и в большом зале встретился со студентами. Он сам был немногим их старше, но его слушали, как гуру, фотографировались, девушки улыбались. Потом съездил посмотрел новую квартиру: это был шик! В только что построенном доме, три комнаты, всё чисто — заселяйся хоть завтра. Высокие окна выходили на лес. Вася час ходил кругами, думая, когда переезжать, куда что ставить, стоит ли перекрашивать стены, чтобы создавалось позитивное настроение.

День, несмотря на то что был летний, примчался к вечеру быстро, и Вася ждал, что позвонит Лена, ведь она хотела поехать на Прощание. Но Лена не звонила, и тогда он решился набрать сам.

— Здравствуйте, Лена, как ваши дела?

— Вася, как хорошо, что вы позвонили!

Он заулыбался. Показалось, что в мире нет ничего, кроме счастья.

— Ну а куда вы пропали? Вы же хотели завтра поехать?

— Я испугалась, что всё испорчу. Это же будет ваш день, к вам всё внимание, а тут я. В прошлый раз я не подумала, как это выглядит.

Вася чуть не прокричал, что ему очень хочется, чтобы их видели рядом. И завтра, и потом. Но вслух сказал:

— Да нет, всё нормально, вам же нужно для работы.

Утром прислали служебную машину с мигалкой, Вася попросил проехать через центр. Лена ждала у метро, держа стаканчик кофе в одной руке, фотоаппарат в другой. Забралась на заднее сиденье.

— Ого! — Она никогда его таким не видела. — Какой вы!

Вася был в форме с новыми погонами.

Потом ехали, сидя рядом, и здорово было чувствовать, что расстояние между ними очень маленькое, что через пятнадцать-двадцать сантиметров бессмысленной пустоты начинается Лена. По правую руку летели красивые луга. Открыли окно и стали дышать их запахом.

Потом ему хлопали, когда он шёл по коридору, а Лена вежливо отставала, чтобы не казалось, что они вместе, а он специально притормаживал — чтобы казалось. В зрительном зале журналисты стали договариваться об интервью, но тут помог Игорь Николаевич:

— Дорогие друзья, я всё понимаю, но давайте: вопросы после мероприятия.

Люди улыбались, настроение было хорошее.

Свет стал гаснуть, как в детстве, когда от школы ходили в театр. Наблюдатели и официальные лица поудобнее устроились в креслах, а несколько мужчин и женщин взялись за руки. Сначала показали рекламу, но недолго и ненавязчивую, просто красоты России: леса, горы и главное — лица людей. Васе понравился Байкал.

За ставшей прозрачной стеной показалась уютная комната со столом посередине, несколькими стульями, пледом на диване, телевизором на стене. Там без звука шла какая-то передача тоже про природу: потоки воды обрушивались вниз с водопада, олени бежали по лесу, их копыта ломали хворост, под хворостом суетились насекомые. Потом уже не в телевизоре, а в окне что-то замигало, и возник вид на поля, как будто дом стоял на возвышении и можно было видеть далеко-далеко, дотуда, где поля сливаются с лесом. Качество изображения было очень хорошим, даже какая-то птица, как живая, села на подоконник.

В комнату зашёл человек лет сорока, невысокий, с аккуратной стрижкой, с красивым, почти молодым лицом. Он был одет в хорошо отпаренный костюм, но было видно, что это не его одежда, а подготовлена кем-то и надета только что. Человек осмотрелся, походил взад-вперёд, подошёл к окну. Птица улетела, он проводил её взглядом.

В зрительном зале около двери, ведущей в комнату, в луче света появился сотрудник в штатском и стал зачитывать приговор:

— Согласно закону Российской Федерации № 273884, принятому на основании распоряжения № 7583 об отмене моратория на смертную казнь, в рамках осуществления реализации приведения в исполнение приговора о смертной казни на территории исправительного учреждения повышенной комфортности № 85, приводится в исполнение смертный приговор № 416 с процедурой Гуманного прощания в камере повышенной комфортности № 1. Осуждённый — Легостаев Григорий Николаевич, личность идентифицирована по отпечаткам пальцев и ДНК. Прощающихся записано не было.

Штатский оторвался от листка и сказал:

— Таким образом, приговор будет приведён в исполнение без процедуры Гуманного Прощания.

К нему подошёл человек в форме, они пошептались.

Легостаев сидел за столом, трогал фарфоровую чашку. Микрофоны работали хорошо, и было слышно, как чашка касается блюдца.

— Значит, это он и есть? — спросила Лена.

Вася кивнул.

— А где его близкие?

Вася пожал плечами. К нему подошёл штатский:

— Василий Иванович, должны в пятнадцать ноль-ноль, но раз никого нет, уточняем, можно ли раньше.

Другие сотрудники стали куда-то звонить. Легостаев посмотрел на стену перед собой, но Лене показалось, что прямо на неё. Она спросила:

— Его так и убьют сейчас? Ему слова никто не скажет?

— Ну никого же нет, — ответил Вася.

— А это могут быть только родственники?

— Да нет, в принципе — любой желающий.

Воспользовавшись паузой, к Васе наклонилась какая-то журналистка и, дыша в ухо, спросила:

— Василий Иванович, можно будет потом у вас несколько комментариев взять?

Штатским поступил звонок, они кивнули друг другу. К ним присоединились двое в белых халатах и с медицинским чемоданчиком. Врачи расписались в бумагах штатских, штатские — в бумагах врачей. Затем люди в форме расписались в бумагах штатских и в бумагах врачей. Таким образом, все расписались везде. Открыли тяжёлую дверь и зашли в комнату. Легостаев тут же вскочил, заулыбался, сделал шаг навстречу. Главный штатский стал заново читать приговор:

— Согласно закону Российской Федерации № 273884, принятому на основании распоряжения …

Он закончил читать и посмотрел на Легостаева, как будто ждал от него одобрения. Как будто тот мог сказать: «Меня это не вполне устраивает» или «Вернёмся к этому вопросу позже».

Врачи разложили чемоданчик, достали шприц. Люди в форме подошли к Легостаеву, крепко прижали его к стулу, второй штатский стал снимать всё на камеру. Наблюдатели в зрительном зале раскрыли рты и не двигались.

Лена схватила Васю за руку:

— Я хочу с ним поговорить!

— Да вы что!

— Срочно скажите им!

— Не сходите с ума, пожалуйста!

Врачи уже подошли к Легостаеву и ждали последнего сигнала. Лена перелетела через Васю, ещё через пару человек, заколотила в дверь. Никто из зрителей не знал, как реагировать. В комнате для прощаний тоже остановились, услышав удары. Вася кинулся к Лене, стал её оттаскивать, но она вырывалась, продолжила колотить, и когда один из охранников открыл, закричала:

— Я хочу с ним поговорить!

Оттолкнула Васю, забежала в комнату. Штатский широко расставил руки, не пуская дальше, сказал:

— Пожалуйста, немедленно выйдите. Я понимаю, что вы с Василием Ивановичем, но здесь нельзя находиться.

— Он имеет право на прощание, — сказала Лена, — оформите меня.

И, не дожидаясь ответа, громко сказала Легостаеву:

— Здравствуйте!

Подошёл Вася:

— Лена, пожалуйста, выйдите! Это не по правилам.

Шприц в руках доктора был готов, все ждали решения штатского.

— Он имеет право на прощание, — повторила Лена.

Штатский посмотрел на часы и сказал:

— Давайте все выйдем.

Лене дали подписать какие-то бумаги и предупредили, что «на всё есть десять минут». Почему десять? Она не стала торговаться, кивнула, и когда дверь за всеми закрылась, повернулась к Легостаеву.

— Меня зовут Лена, — сказала она.

— Григорий, — сказал Легостаев.

— Можем поговорить, — сказала Лена.

— Очень приятно, — сказал Легостаев.

— Не важно о чём, — сказала Лена.

— Спасибо большое, — сказал Легостаев.

Она села не напротив него, а рядом, чтобы не встречаться взглядами. Она забыла, что стена с другой стороны прозрачная и несколько десятков людей смотрят на них.

— Интересно, какая сейчас погода? — спросил Легостаев.

— У вас разве нет окна?

— Здесь? Это же ненастоящее.

Лена налила чай.

— Нет, в камере, где вы сидели.

Легостаев сделал глоток.

— А... Нет, там нет окна.

«Нужно говорить о чём-то важном, — подумала Лена, — не об этой ерунде». И сказала:

— Сейчас градусов двадцать. Облачно. В принципе, в это время бывает теплее.

Легостаев сделал несколько больших глотков, посмотрел на Лену:

— Спасибо вам большое.

«Что-то совсем неправильное сейчас происходит, — подумала Лена, — сидит живой человек, с бьющимся сердцем, тёплой кожей, сокращающейся во время глотков гортанью. Во рту у него, вероятно, здоровое слюноотделение, он вдыхает и выдыхает. Он не стар, не болен. Нет никакой причины, чтобы через десять... уже меньше... минут его убили. Этого ведь вполне можно не делать». Помимо «убили» Лене вспомнилось нелепое слово «умертвили», и оно застряло в голове. «Убили» — это что-то хоть и страшное, но привычное — из детективов. А тут... Подойдут к живому и «умертвят».

Легостаев сказал:

— Расскажите о себе.

— Я работаю на телевидении, но это временно, я вообще на эколога заканчивала.

— О, интересно! А какая тема?

— Леса... Охрана природы...

— Здорово! У нас в городе много лесов.

Оставалось минут пять. И нужно было говорить, потому что каждая секунда тишины приближала картину, на которой его губы замерли и не могут сказать ни слова, горло не способно издать звук.

— Какие у вас леса? — спросила Лена.

— В смысле? — Легостаев сосредоточился. — Ёлки или листья?

— Да. Расскажите.

— Не знаю... Пока лето — смотришь, все вообще одинаковые. А осенью — полное ассорти.

— Вкусный чай, — сказала Лена.

Он сидел неподвижно, ноги прилипли к полу, а руки с чашкой — к столу. Но мысль об этой его неподвижности не была равной мысли о смерти, потому что руки и ноги — вещи хоть и важные, но не являются человеком. А вот горло, которое не может издать звук, — другое дело.

— Вспомнил, — сказал Легостаев, — точно, смешанный лес...

— Смешанный лес, — повторила Лена.

— Да, — сказал Легостаев.

— Да, — сказала Лена.

— Если посмотреть философски, то это — как с людьми.

— Конечно! — сказала Лена. — Расскажите философски!

«Я бы никогда так не сказала, — подумала она, — это неграмотно. Что за выражение: «Расскажите философски»?

— Ну вот, — Легостаев первый раз посмотрел в её сторону, — Пока лето — все деревья одинаковые. И издали не различишь, кто есть кто. Вернее... Так, наверное, неграмотно про деревья? Они же не «кто», они — «что»?

— Говорите, неважно.

— А ближе к осени — одни жёлтые уже стоят, другие зелёные, а одно какое-нибудь вообще — ярко-красное выделяется... Как фотки из Канады из интернета.

— Да, точно!

— И можно понять, где клёны, где ели... А пока осень не наступит, вообще непонятно... Кто из себя что представляет...

— Классная мысль, — сказала Лена, — философская.

Ей показалась, что дверь в «зрительный зал» приоткрылась и всё кончено, но сфокусировала взгляд и поняла, что пока нет. Значит, есть ещё несколько секунд. Спросила:

— А сколько у вас население?

Легостаев поднял глаза, зашевелил губами, как будто действительно начал считать. Посмотрел на Лену:

— Мне кажется, скоро вообще никого не останется.

И Лена посмотрела на него, хоть и садилась рядом специально, чтобы не смотреть. Думал ли когда-нибудь этот человек, что её глаза будут последними, которые он увидит? Наверняка, представлял глаза близких, друзей — кого угодно, но не её, непонятной Лены, проснувшейся сегодня в тёплой постели, приехавшей поглазеть ради сценария на Гуманное Прощание.

— Почему никого не останется? Уезжают?

— Я даже не знаю, — Легостаев тоже смотрел ей в глаза, — вроде и не уезжают, но как-то меньше всех становится.

Лена спросила:

— Но люди-то хорошие? Душевные?

Ей никогда бы в голову не пришло сказать слово «душевный», так даже её бабушка не говорила. Но показалось, что раз Легостаев из сибирской глубинки, то, наверное, там так говорят? И это прозвучало нелепо, стало стыдно. Он приблизился и сказал тихо, как будто по секрету:

— Люди у нас хорошие, все очень любят друг друга... В этом-то всё и дело...

Вошли работники тюрьмы, главный штатский сказал:

— Всё, спасибо, время закончилось.

— Давайте я вас обниму, — сказала Лена Легостаеву.

Они обнялись. Штатский сделал шаг вперёд.

— Пожалуйста, выходите.

Сказал — как будто обоим. Как будто можно было выйти вдвоём.

— Полминуты, — сказала Лена.

Подождали и стали вежливо отрывать Лену от Легостаева. Её руки, как вода, вытекли из рук людей в форме, ослабли, упали, и она сама упала. Её еле успели подхватить и вынесли из комнаты. Вася обнял, зашептал что-то.

Зрители на секунду обратили на них внимание, но тут же стали смотреть в комнату, где начиналось самое интересное. Штатский положил свой телефон на тумбочку у двери, Легостаева пристегнули к стулу, сверили время, расписались ещё раз друг у друга в бумагах. Второй штатский включил камеру. Врачи приготовили шприц.

Легостаева схватили за плечи, и он широко открыл рот, но голоса никто не услышал. Согласно инструкции, выключились микрофоны, чтобы наблюдателей не травмировал звук. Потому что это не был крик, стон, вой или другой звук, для которого есть слово в человеческом языке. Это был звук, для которого в человеческом языке слова нет, звук, который никто и никогда не слышал. Последнее, что должно было запомниться зрителям, — это картина казни, её законность и достоверность, но не голос приговорённого. Когда человек умирает, даже мёртвое тело ещё в какой-то степени является человеком, но молчание, невозможность издать звук, уже говорит о том, что его нет. Поэтому даже незадолго до настоящей смерти приговорённых лишали голоса.

Наблюдатели пооткрывали рты, кто-то вскрикнул. Врач ввёл иглу Легостаеву в шею. Лена, сумев поймать, наконец, дыхание, отделив вдох от выдоха, оттолкнула Васю и снова заколотила в дверь. Главный штатский обернулся на стук и увидел, что телефон, оставленный у входа, беззвучно звонит, мигает голубым цветом. Дал знак повременить, подошёл к телефону. Ничего не говорил, только слушал, а затем сказал что-то врачу, и тот вытащил иглу из шеи Легостаева. Никто ни в зрительном зале, ни в комнате не дышал, а Легостаев, наоборот, задышал очень громко: это стало слышно, потому что микрофоны снова включились.

Вася забежал в комнату, и штатский сказал ему слова, которые услышали все:

— Там новое убийство. Точно такое же. Это не он.

Глава четвёртая. Год назад

До Ярска Вася летел самолётом, потом ехал на поезде, потом на автобусе, а потом ещё раз на поезде. Непонятно, как при такой логистике сюда добирались участники чемпионатов по художественной гимнастике. Хотя с тех пор, как начались убийства, чемпионаты ведь отменили.

Первый поезд долго шёл вдоль городских окраин, проезжали над трассами, над дачными массивами. То синей, то красной линией тянулись шиномонтажи. Но потом состав нырнул в деревья, в долгую непрекращающуюся тень, и лес проглотил его, как удав крокодила. «Это лес или уже тайга?» — подумал Вася. Вынырнули, и свет оказался другим: холоднее и острее, чем тот, что Вася знал в прежней жизни, — как будто стаи птиц, летевшие следом, заточили его над верхушками елей.

Поезд остановился на станции без названия, все стали разбредаться. «Нужно выяснить, что за станция, назад ведь ещё ехать». Вася спросил об этом уходящего с платформы мужчину, но тот сказал:

— Нет названия. Просто конечная.

Локомотив в хвосте состава загудел и потянул его в обратную сторону, через мост.

«Надо хоть что-то запомнить, запомню два слова: станция, мост».

В автобусе Вася ехал один, и было как-то неудобно, что ради него тратится столько горючего. Через какое-то время между деревьев блеснула вода. Потом — больше, а потом открылось бесконечное количество воды. Вася изучил местные названия и знал, что это Златококша, одна из среднего размера сибирских рек. Но это для Сибири — среднего, а так-то — взгляд еле находил противоположный берег, и на простой вёсельной лодке пересекать такую реку было бы страшно.

На большом понтоне на рельсах стоял поезд из двух вагонов. Вася купил билет, спрятал чек для отчётности, поплыли. В этом, конечно, была экзотика: сидишь внутри обычного вагона, но не отсчитываешь стук колёс, а качаешься на волнах и медленно продвигаешься вглубь чего-то неизвестного.

На другом берегу поезд встал на рельсы и понёс Васю уже к Ярску. Несколько раз открывались невероятной красоты картины: леса на холмах... Или на горах? Это холмы или уже горы? Да и теперь уже точно не лес, а тайга. Издали было не разглядеть, что там лиственное, что хвойное. Конец августа стоял тёплый, деревья не начали желтеть и краснеть.

В Ярске Вася сел в городской автобус. Девушка с этюдником и папкой бумаг сидела напротив, они даже переглянулись. Доехал до отделения полиции, и там его встретил будущий начальник, мужчина лет пятидесяти пяти, восточной внешности.

— Здравствуйте, я Василий, на практику, — сказал Вася.

— Фассбиндер, — улыбнулся начальник и протянул руку, — это фамилия.

И сразу стал вводить Васю в курс дела, повёз на место преступления.

— Твоя задача: смотреть, учиться и не мешать.

Поехали по пустым улицам. За домами советской постройки промелькнул переулок из нескольких исторических изб, охранявшихся государством, потом — спуск к парку и спортивная школа.

— Город у нас маленький, можно за десять минут проехать.

— Да, я знаю. Тридцать квадратных километров, речка Рожайка, приток Златококши.

— Молодец, подготовился. Но это общие вещи, нужно учиться замечать детали. Вот тебе, наверное, интересно, почему людей нет на улицах?

— Почему? — спросил Вася.

— Да их просто мало! Всё меньше и меньше.

— Уезжают?

— Убивают! — Фассбиндер засмеялся. — Ладно, чёрный юмор!

Выехали из города.

— Я это к примеру сказал: про людей. Просто ты должен развивать в себе наблюдательность и способность анализировать.

Последние гаражи остались за спиной,

— Не знаю, как сейчас учат, но нас учили обращать внимание на всё! На что обычный человек никогда не обратит, а ты — должен! Вот о чём говорит мой пример про отсутствие людей на улицах?

— Не знаю, — сказал Вася.

— О том, что когда обычному человеку — ноль повода для размышления, то следователю — вообще ни фига не ноль! Понял, да? Вроде отсутствие людей — это отсутствие факта, а на самом деле — факт!

Вася кивнул.

— Приведи теперь пример: на что ещё можно было обратить внимание с момента нашего знакомства?

— Не знаю, — сказал Вася.

— Ок. Тебе, наверное, интересно — почему у меня монгольская внешность, но при этом я Фассбиндер? Интересно?

— Нет, — сказал Вася.

Фассбиндер пожал плечами, они въехали в лес. От дороги по тропе спустились глубже в сосны, Фассбиндер побрызгал на Васю из баллончика.

— Ты в тайгу ехал или куда? Тебя же сожрут тут заживо.

У места убийства работали люди.

— Вася, практикант, — сказал Фассбиндер, — ничего ещё не умеет, но научим.

Вася познакомился с экспертом Татьяной Григорьевной и лейтенантом Николаем. Татьяна Григорьевна спросила:

— Зачем вы молодого человека притащили? Мы бы уже скоро вернулись.

— Ему надо в курсе быть! — сказал Фассбиндер — Понимать, что и где. Может, потом что-то полезное подскажет!

— Вас хоть побжикали? — спросила Васю Татьяна Григорьевна.

— Только что побжикал! — сказал Фассбиндер.

И после этого Татьяна Григорьевна ещё ходила кругами, опускала пинцетом веточки в полиэтиленовый пакет, который Николай носил за ней. Поехали в город, и дорога как будто раскрутилась назад: лес, поле, гаражи, спортивная школа.

— Слышите музыку? Там за домами — здание первой в Ярске музыкальной школы, — сказала Татьяна Григорьевна, — а это — дом купца второй гильдии Семибратова. Вам будет интересно посмотреть.

Потом сходили в патологоанатомический кабинет, показали Васе убитую женщину, а потом сели уже нормально в отделении попить чаю и поговорить.

— Как ввели смертную казнь, так это всё началось. Вернее... возобновилось... — Татьяна Григорьевна не знала, как объяснить.

— Да это всё сказки, Таня, — сказал Фассбиндер, — мы разбираем то, что происходит в present continuous. Знаешь, что такое present continuous?

Это уже был вопрос Васе. И не дожидаясь ответа, Фассбиндер раскрыл тайну:

— То есть — в настоящем времени!

— Ну да, — сказала эксперт, — конечно. Но всё равно, Василий, вам нужно будет сходить посмотреть дом Семибратова.

Потом она рассказывала Васе, как у них раньше в Ярске было хорошо, как развивалась художественная гимнастика, а китайцы собирались строить мост вместо паромной переправы. Потом показывала Васе на компьютере много фотографий с мест преступлений.

— Общие признаки есть, а системности нет. Просто каждый год в один и тот же день кто-то убивает женщин. Ну, маньяк, в смысле.

Николай добавил:

— Поймали уже одного, приговорили, а потом всё продолжилось. Значит, не он. Поймали ещё одного — то же самое. Как будто — мистика.

— А пока, — резюмировал Фассбиндер, — тебе нужно развивать наблюдательность и аналитическое мышление. Вот отвернись! Отвернись, отвернись!

Вася отвернулся к окну.

— Какая обувь у Татьяны Григорьевны?

Вася не смог ответить.

— Поворачивайся. Смотри: белые кроссовки, голубые шнурки. А о чём это говорит?

Вася снова затруднился.

— К её стилю это же не подходит?

— Не подходит, — сказал Вася.

— Это говорит о том, что утром она специально надела кроссовки, чтобы поехать на место происшествия, а там в туфлях неудобно. В общем, даже на таком простом примере видно, что с наблюдательностью у тебя — не особо. И с анализом тоже... Хотя в нашем случае, — Фассбиндер отодвинулся от Татьяны Григорьевны и закурил, — анализировать особо нечего. Ни улик, ни фактов... Иди в общежитие, высыпайся, а днём приходи. Всё это надолго.

Убийцу Вася нашёл назавтра к четырнадцати часам сорока минутам. В пятнадцать ноль-ноль тот сидел в отделении полиции, в камере. Фассбиндер узнал обо всём, когда шум уже поднялся, примчалось начальство и даже мэр. Фассбиндер тоже примчался и был вынужден из-за большого количества машин припарковаться не на своём месте, а чёрт знает где: в соседнем дворе, между стоящим на кирпичах ржавым УАЗом и мисками еды, оставленной старушками для котов.

Лейтенант Николай встретил его у входа, и пока шли по коридору, извинялся:

— Василий с утра попросил помочь «кое-что уточнить», мы и не стали в выходной вас беспокоить. Думали, скажем, если смысл будет. А оно — вон как сразу!

Татьяна Григорьевна встретила их у кабинета:

— Анатолий Сергеевич, похоже, что да...

Фассбиндер выдохнул, они зашли внутрь.

— Здравствуйте, — сказал Вася.

И все собравшиеся сказали Фассбиндеру: «Здравствуйте». Что делать, было непонятно. По идее, он руководил расследованием и должен был докладывать наверх о ходе дела, если у дела был бы какой-то ход. Но сейчас получалось, что пока он в свой выходной ездил за стеклом для теплицы, Вася что-то нашёл.

Можно было сказать, что этот вчера появившийся Вася действовал без его ведома, и нужно время, чтобы разобраться. Но если это окажется чем-то стоящим, то получится, что он несколько лет не мог выйти на преступника, а Вася всё раскрыл за полдня... Если же Вася ничего не нашёл и просто всех поднял на уши, то получится, что он поднял всех на уши без ведома Фассбиндера, и у того в оперативной группе царит бардак.

— Познакомьтесь, — сказал Фассбиндер, — Василий. Наш практикант. Вчера мы ввели его в курс дела и дали ряд заданий на логику. А анализировать было что.

Начальство одобрительно кивнуло. Вася подал знак, и лейтенант Николай включил проектор. На экране на фоне еловых лап возник сам Николай и произнёс:

— На часах — шесть ноль-пять. Следственные действия фиксируются на камеру... Участвуют, — он перевёл камеру на Васю, — Василий, практикант из Москвы, эксперт Татьяна Григорьевна Лобанова. И я, лейтенант полиции Николай Бушуев.

Представив всех, Николай отошёл в сторону. Стало понятно, что дело происходит в лесу, на месте преступления. «Надо же, — подумал Фассбиндер, — как он их в такую рань вытянул в выходной». В кадре снова появился Вася.

— На сегодняшнее утро нам известен только один факт, — сказал он, — то, что труп женщины обнаружен работником заправки Владимиром Самохиным в лесу, на спуске от трассы, в четверг, в семь часов утра. Больше ничего.

Николай повернул камеру правее, и там оказался этот самый Самохин.

— Здравствуйте, — улыбнулся он, а Вася сказал:

— Мы пригласили Владимира пояснить кое-какие вещи. Владимир, покажите, как вы спускались!

Камера остановилась, потом снова заработала, и все увидели, как Владимир спускается по склону.

Вася спросил:

— Владимир, какой у вас график работы?

— День через два.

— И как вы дотуда добираетесь?

Видимо, Самохин повторял уже сказанное ранее, потому что тут же возникли кадры, снятые ещё по дороге в лес. Он сидел в автобусе и говорил в камеру:

— Я сажусь всегда на Главпочтамте, в шесть тридцать пять.

Промелькнули гаражи, блестящие со стороны города и ржавые со стороны полей, откуда приходит туман.

Снова появилось лицо Самохина — уже на лесной трассе.

— Выхожу в шесть пятьдесят вот здесь — по требованию.

Пропал лес, появился кабинет начальника заправки. «И там успели побывать», — подумал Фассбиндер. Камера изучила журнал с графиком работы сотрудников, начальник подтвердил этот график. Снова возник Самохин на фоне лесной трассы.

— Владимир выходит здесь, — сказал Вася, — потому что автобус через сто метров поворачивает в другую сторону.

Видимо, они дождались следующего автобуса, и камера Николая проиллюстрировала сказанное: автобус завернул и скрылся за поворотом.

Потом Самохин шёл по лесу, а голос Васи, идущего рядом, продолжал комментировать:

— Владимир проходит четыреста тридцать метров до тропы и спускается через заросли. На нижней дороге он идёт еще триста метров и доходит до заправки.

Самохин повторял все свои действия и время от времени подтверждал правильность сказанных Васей слов:

— Да, точно. Так и было.

— Владимир так делает всегда, — сказал Вася, — потому что если он будет обходить по основной дороге, то путь к заправке составит около трёх километров.

Все присутствующие устроились поудобнее, как будто не слушали отчёт, а пришли в кино. Вася сказал:

— Мы также будем показывать вам кадры, снятые Николаем на день раньше, в момент обнаружения трупа.

На экране около убитой женщины засуетились Татьяна Григорьевна и Фассбиндер. Вася прокомментировал:

— Труп находился в нижней части холма, в метре от тропы. Женщина была обута в туфли с каблуками, однако следов от них обнаружено не было. Можно предположить, что убийство произошло где-то, а сюда труп был принесён после. Или преступник осознанно заменил обувь на жертве. Интересно также то, что следы человека, предположительно нёсшего труп, — это следы обуви сорок четвертого размера, но со слабовыраженным отпечатком. Человек с обувью такого размера обладает определённой массой. И на земле после дождя отпечаток должен был остаться глубоким. Смотрите...

Николай приостановил видео и вышел к публике с большим деревянным поддоном, наполненным землёй. Поставил его на пол. Татьяна Григорьевна пояснила:

— У нашего Николая как раз сорок четвёртый!

— Иногда сорок четыре с половиной — добавил Николай с гордостью.

Он взвалил на плечи Татьяну Григорьевну, наступил в поддон, и желающие смогли подойти изучить отпечаток.

— Видите, — сказала Татьяна Григорьевна с плеч Николая, — масса даёт себя знать, след глубокий.

— И что из этого следует? — спросил мэр.

— Две вещи, — ответил Вася, — это был человек меньших габаритов, надевший обувь сорок четвёртого размера, либо реальный обладатель обуви, но надевший плотные бахилы, чтобы скрыть рисунок отпечатка. При любом из вариантов из этого следует главное: преступник действовал подготовлено, это не было стихийное действие.

Снова включили видео. На экране возникла карта района.

— Не менее важным, — продолжил Вася, — является то, что соседний лес у плодово-ягодной станции гораздо гуще, и если действительно было бы нужно спрятать труп, то тропа на пути Самохина — самое ненадёжное место.

— И какой из этого следует вывод? — спросил мэр.

— Промежуточный, но важный, — сказал Вася, — а) сам лично преступник скрывался, б) почему-то при этом хотел, чтобы труп быстрее нашли. Но это не парк, его не нашли бы случайно прохожие. Следовательно, убийца знал, что Владимир там ходит и в какое точно время.

Фассбиндер стоял у самой двери, и ему не нравилось, что никто не оборачивается, чтобы увидеть его одобрительный кивок. О нём как будто забыли.

— Кто мог знать, где Самохин выходит из автобуса, когда и куда спускается по тропе? — продолжил Вася. — Его знакомые, пассажиры из того же автобуса, случайные прохожие.

На экране появилось множество фотографий людей из соцсетей.

— Это круг знакомых Самохина, — сказал Вася, — но довольно странно — зачем-то сообщать знакомым, как ты ходишь на работу через заросли. Да и объяснить было бы сложно: пришлось бы вывозить на место, продираться сквозь ветки и специально показывать. Люди же из автобуса видеть этого не могли, потому что, пока Самохин проделывает свои четыреста тридцать метров до тропы, автобус уезжает далеко.

Николай запустил видео с уходящим за поворот автобусом.

— Самохину идти минут шесть, — сказал Вася, — а автобус поворачивает уже через полминуты.

Снова появилась карта района.

— Зато встречный автобус маршрута номер два стартует с конечной от выселок в шесть пятьдесят и проезжает это место в шесть пятьдесят восемь. И это точно то время, когда Самохин заходит в заросли.

Все присутствующие сидели с сосредоточенным взглядом.

— Водителей сразу отбрасываем: их трое, и график работы не совпадает с графиком Самохина.

Николай тут же показал короткие интервью с водителями.

— Тем не менее, — сказал Вася, — каждый рабочий день в автобус на выселках в шесть пятьдесят садятся четыре человека.

Николай показал видео, снятое в автобусе номер два. Автобус петлял, меняя солнечные стороны на теневые, лучи волнами накатывали на лица пассажиров.

— Нуриев Рустем Маратович, пятьдесят лет, тренер юношеской команды по футболу, — начал описывать Вася дремлющего у окна мужчину, — далее: Шведов Александр Евгеньевич, сорок один год, разнорабочий, судимый за сексуальные преступления; Белова Анна Васильевна, тридцать лет, продавщица супермаркета; Бурлаков Леонид Игоревич, пятнадцать лет, ученик техникума.

Николай развернул на экране досье этих людей, а Вася сказал:

— По опросу водителей, как правило, у окна, откуда мог быть виден Самохин, чаще всего сидел Шведов Александр Евгеньевич, судимый. Размер обуви — сорок четыре.

Мэр и полицейское начальство переглянулись.

— Отсидев срок за развратные действия по отношению к несовершеннолетним, женился, работает на лесоторговой фабрике.

Все привстали со стульев.

— Но в день совершения преступления, — Вася развёл руками, — находился в Санкт-Петербурге, в связи, как он сам сформулировал, «с болезнью жены».

На экране возник Шведов и сказал:

— Я сто лет уже хотел по Питеру погулять, жена была против. Ревновала. А тут она заболела, ну я и поехал.

Вася продолжил:

— Вторым человеком, сидевшим у левого окна, был пятнадцатилетний Леонид Бурлаков, сорок первый размер обуви. В момент беседы был довольно открыт и даже снимал меня на телефон. Выяснилось, что Лёня хочет стать блогером и абсолютно всё снимает.

В кадре возник Вася, разговаривающий с Леонидом.

— Лёня, а когда проезжали вот этот участок, тоже, может быть, что-то снимали?

Лёня взглянул с опаской:

— Снимал.

— А что так грустно, в чём дело?

— Ну как сказать… Короче, отжали у меня телефон на прошлой неделе.

— Да ладно? Кто, когда? Сейчас ещё кто-то отжимает телефоны?

Лёня насупился.

— Да они вообще уроды, им лишь бы человека унизить — дело же не в телефоне.

— И кто?

— Да не хочу я говорить.

— Угрожали?

— Естественно.

— Говори, не бойся. Мы без тебя к ним сходим.

— Ну… Двое с Кирпичного.

На следующих кадрах солнце было уже выше, река отбрасывала свет на стены кирпичного завода. Двое молодых людей со страхом смотрели в камеру.

— Представьтесь, — раздался строгий голос Николая.

— Мезенцев Олег.

— Саулко Иван.

Запинаясь, парни рассказали, как ограбили Лёню и как продали телефон какому-то случайному человеку на вокзале, потому что сами побоялись идти в единственный в городе сервис.

— Ну и, короче, — сказал Саулко Иван, — он сходил туда, скинул его, а нам минут через пятнадцать отдал бабло.

— Деньги! — поправил Николай.

— Деньги, — смиренно повторил Иван и опустил голову.

Вася прошёлся по комнате.

— С момента ограбления Лёни до момента, когда телефон оказался в сервисе, никто без пароля не смог бы просмотреть или скопировать оттуда видео. А работник сервиса обладал нужными для взлома знаниями и оборудованием. Может быть — единственный в городе, кто обладал.

Фассбиндеру показалось, что мэр развернулся к нему, но это только показалось: мэр был поглощён Васиной логикой и расследованием.

Вася продолжил:

— Дальше ничего бы не срослось, если бы блогер Лёня не был очень аккуратным молодым человеком и не сохранял данные.

На экране снова появились Вася и Лёня. Вася спросил:
— А что, цело видео из отжатого телефона?
Лёня кивнул:
— Да, я успел слить за день до того, как им попался.
А живой Вася в комнате сказал:
— Так давайте посмотрим. Следующий фрагмент, Николай!

Николай запустил Лёнино видео. Сначала шли Златококша, чёрные скалы, а потом автобус въехал в коридор из дубов и сосен, замедлился на подъёме. В кадре показался Самохин, зашёл в заросли. Потом — видео, снятое в другой день, и там тоже он заходил в лес. И ещё, и ещё.

— Благодаря геолокации файлов человек, завладевший телефоном, мог без труда определить, что это за место.

Мэр всё же повернулся в сторону Фассбиндера, но тот сразу опустил глаза, изобразив задумчивость. Всё шло к тому, что Вася скоро назовёт убийцу.

— Далее, — сказал Вася, — анализ косвенных фактов. Через три дня после ограбления Лёни работника телефонной мастерской видели выезжающим на велосипеде из дома, а потом — едущим по шоссе в направлении леса, где было совершено преступление. Но, — Вася улыбнулся, — его видели в точке А — дома, и в точке Б — на шоссе, в то время как прямая дорога пролегает вот здесь, через кинотеатр «Комета».

Вася указал рукой на появившуюся карту города.

— Но он по ней не поехал. Он проехал семь лишних километров, потому что иначе попал бы на камеру наблюдения около кинотеатра — единственную в городе.

Николай вывел на экран видео с этой камеры.

— Дополнительный факт, — сказал Вася, — год назад он участвовал в её установке. Мало кто вообще знает о её существовании.

Все и даже Татьяна Григорьевна смотрели на Васю с восхищением.

— А через полчаса, — добавил Вася, — он уже попал в объектив Леонида, который снимал из автобуса на новый телефон. Точно в то время и в том месте, где Самохин заходит в лес. Это уже слишком сильная улика, чтобы быть косвенной.

Казалось, прошло пять минут, но — Фассбиндер взглянул на часы — Вася говорил уже долго. Ещё было видно, что он очень устал и может даже свалиться в обморок.

— А теперь поговорим о жертве, — сказал Вася, — Курылёва Ольга, двадцать восемь лет. Вечером в день преступления села на автобус номер три у кинотеатра «Комета» и вышла на конечной, что зафиксировано в электронном билете. По этому маршруту она поехала в первый раз, так как всегда ездила после работы домой — на Интернациональную. Её телефон с места преступления пропал, но в двадцать один тридцать были сделаны снимки заката, которые сохранились в облаке, о чём преступник мог не знать.

— А что нам это даёт? — спросил Олег Николаевич, начальник областной полиции.

— По отдельности — немного, но столько косвенных улик вместе складываются в одну прямую. За месяц до убийства

Курылёва чинила свой телефон в известной нам мастерской, у неё дома была найдена квитанция. Соответственно, мастер знал её номер и место жительства.

— Нашли переписку?

— Нет, он понимал, что любое сообщение на каком-нибудь сервере да останется, поэтому решил общаться без телефона. Курылёва, со слов соседей, бегала по утрам вдоль реки за гаражами железнодорожного техникума. Благодаря собачникам, гуляющим на точке входа и выхода её маршрута (улицы Интернациональная и Пушкина), мы выяснили вот что.

На экране возникли люди с собаками.

— Да, знаем, — сказала женщина, рассмотрев фотографию, — бегает каждый день.

— Скажите, а она одна бегает?

— Одна. Всегда одна.

То же самое сказал мужчина у других гаражей.

Вася посмотрел на начальника полиции:

— Но, помимо точки входа и точки выхода, есть ещё сам маршрут бега. Около двух километров. Даже если мастер был настолько осторожен, что присоединялся к Курылёвой не в начале пути и убегал до его окончания, — собачники с Курковой улицы видели Курылёву бегающей сквозь гаражи у мостов.

На экране возникли новые люди с собаками, всмотрелись в фото и сказали:

— В последние дни с ней бегал кто-то.

Затем по фото они опознали телефонного мастера.

— Итак, — сказал Вася, — мы имеем дело с убийством по знакомству, когда жертва доверяла убийце. Он вычислил, где с ней можно пообщаться, заинтересовал и выманил за город.

И сделал всё почему-то так, чтобы труп как можно скорее нашли.

На экране разыгрывалась финальная часть истории. Полицейская машина въехала на одну из улиц с частными домами, камеру держал уже кто-то из помощников, а Николай вместе с Васей приблизились к забору и позвонили в калитку. Им открыл телефонный мастер. Открыл совершенно спокойно, как человек, ждавший этого.

— Легостаев Григорий Николаевич? — спросил Вася.

— Да, — сказал тот, — всё правильно.

— Вы, наверное, предполагаете, почему мы к вам приехали?

— Да, да. Я понимаю.

Вася был очень рассеянным. Когда его, заснувшего, Фассбиндер и Николай заносили в комнату в общежитии, оказалось, что телевизор он утром не выключил, тот так и проработал весь день. После доклада пошли перекусить в кафе напротив, Вася вдруг на полуслове ослабил пальцы, выронил вилку, и если бы Николай не подхватил, так и упал бы на пол. «Ничего ужасного, просто уснул от потери сил», — сказала Татьяна Григорьевна.

И вот его донесли до общежития, положили на кровать, разули, накрыли. По телевизору шла передача про нерест лососёвых рыб, которые заплывают из океана в реки, мечут икру, а потом сразу же умирают, потому что выполнили своё предназначение. Николай задержался, послушал интересные факты.

— Ничего себе, — сказал он, — по смыслу подходит!

Фассбиндер не понял.

— Ну Василий перенапрягся, вырубился, а тут — передача как раз на эту тему.

Фассбиндер прошептал:

— Не выдумывай, — прислонил палец к губам и на цыпочках вышел из комнаты. Николай тоже вышел.

Телевизор так и остался работать, а за ночь Васина жизнь изменилась. Он проснулся под центральные московские новости, где рассказывали, как он нашёл маньяка. Выглянув в окно, Вася увидел того же журналиста, что был на экране: шёл прямой эфир.

— Что заставило обычного специалиста по ремонту телефонов на протяжении стольких лет убивать женщин?

Подъехала машина, оттуда вышел красивый Фассбиндер. Не в старой курточке, в которой встретил Васю позавчера, не в форме, в которой примчался вчера в отделение, а по-настоящему красивый — в костюме с галстуком.

— Преступник, — сказал журналист, — так и продолжил бы свой кровавый путь, если бы не молодой следователь из Москвы, приехавший на практику. Мы попросили начальника ярского уголовного розыска рассказать обо всём.

Вася оторвался от окна и повернулся к телевизору.

— Василий Иванович, — улыбнулся оттуда Фассбиндер, — приехал к нам из Москвы. Формально — на практику, но было очевидно, что он уникальный специалист.

— А в чём эта уникальность? — спросил журналист.

— В способности обращать внимание на детали, анализировать их. Мы, конечно, уже напали на след преступника, но скорость мысли Василия была настолько...

Он замолчал, подбирая нужное слово.

— Быстра? — помог журналист.

— Да! Скорость его мысли была настолько быстра, что он раскрыл преступление буквально за полдня.

Вася выключил телевизор и вышел на улицу. Журналисты кинулись к нему.

— Василий, мы вас поздравляем: люди теперь смогут вздохнуть от страха. Что вы чувствуете? Вы понимаете, что стали героем не только этого города, но и всей страны?

Фассбиндер вытянул его за рукав, бросил репортёрам:

— Василий Иванович потратил много сил, пусть сегодня отдохнёт!

Пошли к машине. Фассбиндер обнял.

— Решил тебя спасти, а то замучают. Плюс нас ждут у мэра обедать.

— Я всё проспал, — сказал Вася, — что происходит?

— Ты теперь звезда, вот что! Мэр отрапортовал, к нам прилетели новости снимать. И твоё начальство тоже мне звонило, уже вылетели.

Вася остановился.

— Тогда срочно нужно...

— Именно! — сказал Фассбиндер.

— Что — «именно»?

— То, что ты подумал! Нужно срочно потрясти твоего маньяка, пока его ваши московские не забрали. А то мы потом мотивов никогда не узнаем!

— Да не в мотиве дело, — Вася заговорил взволнованно.

— Конечно! Мотив в том, что он маньяк. Бывают же просто маньяки?

— Да, это его личный тёмный лес. Но убийство на сексуальной почве — это импульсивный поступок, а он всё так выстроил, как будто собирался грабить банк. И всё сделал, чтобы труп побыстрей обнаружили. Зачем?

— Ты хорошо сформулировал. Давай я вот это всё у него сейчас и спрошу.

Они приехали в отделение, быстро прошли по коридорам. Васю проводили взглядами все девушки, а мужчины выпрямили спины, заулыбались. В кабинете Фассбиндер распахнул окна, и сладкий воздух уходящего лета наполнил комнату.

Стали слышны голоса птиц, шум детского сада, звуки железной дороги.

— Сенсорная связь с внешним миром, запахи всякие правильно действуют на допрашиваемого, — сказал Фассбиндер, — его туда манит, он ещё как будто одной ногой на свободе, хочет вернуться. И соответственно — сотрудничает со следствием.

Николай привёл Легостаева, снял наручники. Фассбиндер приветливо кивнул:

— Проходи, Гриш.

Налил ему воды, сел напротив.

— В общем, Гриш, не знаю, что сказать. Что есть, то есть.

Помолчали.

— Ничего хорошего, — добавил Фассбиндер.

И ещё добавил:

— Хорошего мало.

Легостаев молчал, взгляда не прятал, но смотрел как будто сквозь Васю с Фассбиндером, сквозь стену и распахнутые окна. Про виднеющийся вдали лес можно было бы сказать, что Легостаев смотрел «на него», но и на лес он смотрел, скорее всего, «сквозь». Как будто не было для его взгляда теперь в мире предмета, через который не проходил бы свет, который можно было бы назвать предметом в полном смысле этого слова.

— Есть два выражения, — сказал Фассбиндер, — «хорошего мало» и «ничего хорошего». А в чём разница? Какая градация того, что всё плохо?

— Мне кажется, — сказал Николай, — «хорошего мало» хуже, чем «ничего хорошего».

— Почему?

— Не знаю, интуитивно как-то чувствую.

— Ладно, — Фассбиндер выпил воды, — смысла в этом вопросе нет, это я — так, чтобы разговор начать. А вот в каком вопросе смысл есть...

Он наклонился к Легостаеву:

— Понимаешь, Гриша, нас не интересует мотивация — почему ты убивал женщин. Это твой личный тёмный лес. Но преступление на сексуальной почве — это импульсивный поступок, а ты так заранее всё подготовил, как будто собирался банк грабить. И сделал всё в определённый день. И почему-то ещё так, чтобы труп побыстрей обнаружили. Зачем?

Легостаев не отвечал, тогда Николай добавил от себя:

— Гриш, завтра тебя увезут, и… По новому закону… Сам знаешь.

Легостаев молчал. Фассбиндер сказал:

— Ладно, прощай тогда… Хорошего тоже было много, ничего не говорю. За то, что Word установил, спасибо.

Вася спросил:

— Простите, я не понимаю, вы знакомы?

Фассбиндер пояснил:

— Он всем нам Word ставил, и данные восстанавливал, и с камерой наблюдения у «Кометы» помогал. Специалист уникальный. Вообще, сейчас вот казнят Григория Николаевича, и город вернётся в средневековье.

— Хорошего мало, — сказал Николай. И добавил: — У меня брат в компьютерах разбирается.

— Прям разбирается? — спросил Фассбиндер.

— На уровне установки системы — спокойно.

Где-то вдали поезд пронёсся по узкому коридору леса, выдавив из него холодный воздух, и воздух долетел до окна. Фассбиндер поёжился, спросил Николая:

— А компьютеры в нашем отделении в сеть связать?

— Конечно, — сказал Николай, — это вообще элементарно.

— Ну вот, Гриша, — резюмировал Фассбиндер, — значит, не погрузится город в средневековье.

Вася не выдержал и спросил напрямую:

—Зачем вам было нужно, чтобы труп нашли? Вы хотели, чтобы все боялись?

Легостаев покачал головой. Фассбиндер подошёл к нему.

— Гриша, утром тебя заберут московские. Там с тобой про Word никто не будет разговаривать... Думаешь, мы сами не разберёмся?

И закрыл окно.

— Тебе уже всё равно помочь нельзя, но с твоей стороны не сказать — это, знаешь, не по-землячески, это такая бессмысленная бытовая подлость. Как, я не знаю, — как кастрюлю после гречки не залить... Вот просто назло, просто чтобы людям плохо сделать!

После допроса бродили, думали. Фассбиндер зашёл в магазин на углу, попросил пустую картонную коробку.

— Нужна, — пояснил он.

И уже с коробкой гуляли дальше.

Улицы Ярска были закольцованы, и это ещё больше добавляло оторванности от мира городу, который стоял на острове. Когда вышли из отделения, то прошли мимо стены, где были нарисованы художественные гимнастки, и солнце едва касалось ленты одной из них, а когда завершили круг по Трудолюбия и Достоевского, то тень уже широкой линией разделила гимнастку пополам.

— Ты когда обратно? — спросил Фассбиндер.

— Да хоть завтра. Но могу остаться, если нужно.

— Езжай, езжай. А то нам тут совсем никаких лавров не достанется! — И громко засмеялся. — Шутка! Просто ты, наверное, сам не понял, что сделал.

— Не знаю, — сказал Вася, — тут был элемент везения.

— Везение заключалось в том, что у тебя голова вместо жопы, как у нас, — и поменял тему, — видишь вот эту церковь? Тринадцатый век... А там вон — ещё дорога, по которой монголы отступали...

До приёма в мэрии оставалось время, и Фассбиндер повёл Васю в гости, представить жене. Супруги жили в старой части города, до которой в советское время не добрались новостройки. Здесь долго не расселяли бараки и коммуналки в купеческих особняках. Археологические слои смешались, к центру вела отремонтированная дорога, а остатки деревянных тротуаров уходили в поля, обозначая черту города.

— Почему окна закрыты? — спросил Фассбиндер жену. Открыл, и они с Васей придвинули стол ближе к занавескам. — Много есть не будем, а то потом у мэра лопнем. Знаешь, как по-английски «закуска»?

— Нет, — сказал Вася.

— Стартер. От слова «старт».

Стали разговаривать. Жена расспросила Васю о жизни, о родителях, есть ли у него девушка.

— Кать, ну ты вот удивляешь — спрашиваешь о таких вещах!

— Почему? — сказала жена. — Это же самое главное! Если об этом не спрашивать, получается — обижаешь человека, как будто он тебе безразличен.

— Ну не знаю! Я никогда не перехожу грань личного.

— А хотите, — сказала жена, — я вам про наши городские тайны расскажу?

Вася кивнул.

— Слышите музыку?

Вася прислушался.

— Нет.

— Это музыкальная школа рядом. Её основал в тысяча девятьсот первом году купец второй гильдии Семибратов, а началось всё с того, что он выписал для своих дочерей Ирины и Ольги пианино из Америки, из Чикаго. Но дочери умерли. И тогда...

— Знаешь, как Чикаго по-американски? — влез Фассбиндер.

— Нет, — сказал Вася.

Фассбиндер сделал глоток вина, заулыбался. Подмигнул жене, предоставляя ей право раскрыть секрет. Жена набрала побольше воздуха и выдала:

— Щикаго!

— Понял, да? — Фассбиндер обнял жену, — Ш вместо Ч! Даже больше Щ! Щикаго!.. Догадаться невозможно — только знать... Понял, к чему это?

— Нет, — сказал Вася.

— К тому, что в мире много вещей, про которые невозможно догадаться или вычислить.

Жена продолжила:

— И тогда купец Семибратов отдал городу пианино в дар. Таким образом, возникла музыкальная школа. Но в городе не оказалось ни настройщика, ни учителя.

— Пианино было, а остального всего не было, — пояснил Фассбиндер.

— Возникла абсурдная ситуация, — сказала жена.

— Всё стало лишено смысла, — сказал Фассбиндер.

Он был одет в белую рубашку с тиснением, и обои за его спиной тоже были белые с тиснением. А жена была в платье зелёного цвета, как и растения за её спиной. Оба принадлежали этой комнате, но каждый отдельно, привязанный к какой-то одной её части. Жена продолжила:

— Семибратов выписал из Москвы выпускника консерватории, который мог и настраивать инструмент, и обучать детей.

— И вот тут сейчас самое интересное! — сказал Фассбиндер.

— Этот человек прожил в городе до тысяча девятьсот семнадцатого года, — сказала жена, — а потом вступил в коммунисты и возглавил ЧК. И когда начались...

— Перегибы, — помог Фассбиндер.

— Да, перегибы. Он расстрелял купца Семибратова.

Видимо, это было любимое место Фасбиндера. Он заговорил красиво, как будто озвучивал кино:

— И нашу улицу Корзухина назвали в честь того учителя, потому что через год после расстрела купца загорелась школа, он пытался спасти пианино и погиб.

Казалось, Фассбиндеры должны были ещё что-то сообщить, но нет, история закончилась. Они смотрели на Васю, нужно было как-то реагировать. Чтобы сгладить неловкую ситуацию, жена сказала:

— А вот из окна видно дорогу, по которой монголы в тринадцатом веке отступали.

Теперь получалось, что нужно реагировать на монголов, и Вася снова растерялся. Фассбиндер вернулся к истории про учителя, сказал:

— Получается такой круговорот событий.

А жена улыбнулась:

— Интересная история, да?

Вася пожал плечами.

— Нет.

Жена смутилась, и теперь уже Фассбиндер разрядил обстановку:

— Знаешь, в чем Васина гениальность? Хороший следователь замечает много деталей, а гениальный, как Вася, не видит ненужных. И таким образом сразу фокусируется на одной, единственно значимой. Это дар, другой вид наблюдательности.

Жена задумалась:

— Но разве можно с самого начала знать, что важно?

Фассбиндер сказал:

— Вот я его вчера спросил: «Тебе интересно, почему я — в этом городе, с такой фамилией, да ещё узкоглазый почему-то?» Знаешь, что он ответил?

— Нет.

— Именно! Он ответил: «Нет». Ему было неинтересно! Потому что это не имело отношения к делу, ему было пофигу, что я Фассбиндер. И правильно!

Он чокнулся ещё раз с женой и с Васей, выпил, заулыбался:

— Кстати, тренировка внимания! Я заметил, что пока мы тут сидим, Вася не сказал ни одного слова, кроме «нет».

— Да? Ой… Действительно! — восхитилась жена.

— Всё, — Фассбиндер поставил бокал на стол, — пора. Можешь начинать краситься.

День, стоявший на мели, качнуло. Он замелькал зелёным цветом пролетающих мимо деревьев, красным и голубым — на торцах домов, где гимнастки взлетали к небу. Доехали до мэрии — там Васю чествовали, благодарили, кормили. Уже не нарисованные, а настоящие гимнастки прыгали перед ним, им аплодировали, а потом слово взял мэр.

— Есть простые слова, — сказал он, — которые не сразу все понимают, потому что привыкли к сложным словам. А это не так… Иногда простое слово несёт в себе всю глубину и однозначность того, что человек хочет сказать.

Мэра слушали внимательно.

— И моё простое слово Василию: спасибо! Спасибо за то, что вычислил этого нелюдя, за то, что теперь девушки и женщины смогут спокойно гулять! За спокойствие города. И за то, что теперь, надеюсь, мы перестанем ассоциироваться с криминальными сводками. А то, я думаю, все знают, что в последнее время невозможно телевизор было включить: убийство, убийство, убийство! Одним словом, спасибо, Василий! За ваши золотые мозги, за победу жизни над смертью!

Похлопали мэру, и Фассбиндер со всеми подарками довёз Васю до общежития.

Вася собрал сумку, и день снова сел на мель, ничто никуда не двигалось. Нужно было как-то дотянуть до утра, чтобы уехать из этого города в свою жизнь и больше не быть частью свёрнутых в змеиные кольца улиц, частью шелеста этих крон и постоянно слышимой железной дороги.

Он походил вдоль переулка, вышел к соседнему, но идти куда-то или не идти было одинаково лишено смысла. Сел в подошедший автобус. Теперь, по крайней мере, его куда-то везли, перемещали в пространстве, и ответственность за бессмысленность передвижения уже лежала на автобусе.

Здесь его ждали сразу две встречи. У окна сидел и снимал улицы юный блогер Лёня. Он кивнул, но разговаривать не стал и вышел на следующей остановке. Тут же зашла девушка с этюдником, с которой Вася ехал от вокзала, когда только прибыл в Ярск. Она его узнала и улыбнулась, как звезде. Познакомились. Её звали Саша.

— Мы с вами позавчера в автобусе ехали, — сказала она.

— Да, совпадение, — смущённо сказал Вася.

Она ещё раз улыбнулась.

— Вам скучно? Я думала, вам устроят культурную программу.

— Была программа, я освободился.

Она улыбнулась в третий раз и пригласила вечером в их компанию.

— У нас тут будет концерт, наши ребята поют. Местный уровень, конечно, но вдруг вам будет скучно.

Они разошлись. Вечер пополз ещё медленнее, чем до этого полз день. Вася посидел в общежитии, а потом встал и пошёл через Достоевского и Кооперативную в другую часть города, к Дому культуры, на концерт.

Сразу стало теплее от живых лиц, от, может быть, не очень профессиональной, но искренней музыки. «Молодёжь», — подумал Вася и удивился этому слову — он ведь сам был «молодёжь». Но раз слово родилось, то получалось, что он уже перешагнул какую-то черту и чем-то от них отличался. Желанием забиться в угол, угловатостью плеч, да просто тем, что все эти песни, под которые мог несколько лет назад раскачиваться с друзьями, теперь казались наивными и глупыми.

Саша сидела поодаль на подоконнике, она улыбнулась ему четвёртый раз за день. Он тоже улыбнулся и даже поклонился, прижав руку к груди, как бы говоря: «Тут классно, спасибо, что пригласили».

Красивый парень на сцене пел красивым голосом, ему аплодировали: видимо, он был главной местной звездой. Потом пела другая группа, им тоже хлопали, и Вася почувствовал себя уютно, оттого что находился сейчас трижды на острове: город лежал меж рукавов реки, кольца улиц закрутились в остров, а ДК находился ещё и внутри улиц.

После концерта пошли в какие-то гости. Саша заговорила с Васей — слово за слово, а потом оказалось, что он идёт вместе со всеми. Познакомился с Соней, Сашиной подругой. Шли и разговаривали о разном.

Было уже очень поздно. В квартиру набились человек двадцать, концерт продолжился.

До этого Вася сталкивался только с официальной стороной Ярска: полиция, администрация, а тут ему как будто открыли секретную дверь, впустили в совершенно другой мир. В отличие от взрослых, которые имели должности и найденную за годы геопозицию между небом и землёй, эти ребята были как будто в полёте: уже оторвались от детства, но ещё никуда не долетели, никому и ничему не принадлежали. Если взрослые, даже имея каждый имя и фамилию, своё лицо и голос, даже идя в одиночку по улице, всё равно принадлежали общей массе взрослых, то эти, набившись толпой в квартиру, толпой не становились. Их не было двадцать. Их было: один плюс один плюс один и так далее.

Сидели на стульях, на полу, пели. Философские строчки песен смешивались с девичьими криками с кухни: «С майонезом всем — ок?» Или: «Хватит курить! Кто-нибудь откроет форточку?» Но как бы ни старался певший песни красивый парень (Вася про себя назвал его Рок-звездой), звездой сегодня был Вася. Все только и делали, что оборачивались на него.

Стали расспрашивать о работе следователя, о том, как нашёл маньяка.

Потом кто-то спросил:

— А что ему будет, какой приговор?

— Ребят, ну я не имею права говорить, суд решит. Моё дело было его найти.

Молодёжь стала спорить уже друг с другом.

— А если это ошибка? Вдруг казнят невиновного человека?

— Да даже если не ошибка, что — убивать можно?

— А ему можно было убивать?

Спросили Васю, что он думает по этому поводу.

— Эти моральные вопросы человечество задаёт себе, сколько живёт. Вы спрашиваете, как будто я Господь Бог, — сказал Вася, — а я просто следователь... Ну и если подумать: что, не нужно маньяков ловить?

— Нужно! — согласились ребята.

— При любой системе правосудия, — сказал Вася, — со смертной казнью или без.

— Вы для нашего города теперь герой. В смысле, что теперь можно жить без страха, — сказала какая-то девушка.

И тут, огорчённый отсутствием внимания, заговорил Рок-звезда.

— Как это, жить без страха?

И замолчал. Ему сказали:

— Глеб, ну ты вот скажешь полфразы и молчишь. Говори нормально.

Рок-звезда провёл по струнам:

— Ты говоришь: «Можно жить без страха». Без страха чего?

— Ну как, — сказали девушки, — что тебя убьют. Без страха смерти.

Звезда пробормотал негромко:

— Странный вид досуга — жить без страха смерти. Мы же всё равно умрём.

Начинался философский диспут.

— Это разный страх, — сказала толстая девушка, сидевшая у батареи, — то, о чём ты говоришь — это «когда-нибудь», это естественные вещи. А то, что тебя задушат в любой момент, — это жесть. Не надо спекулировать понятиями.

Саша её поддержала:

— Сидеть и бояться смерти, как ты сейчас сказал, это ненормально. Потому что жизнь — она неопределённой длины. Никто не сидит и не считает секунды.

Рок-звезда повернулся к Саше.

— А ты знаешь, как «жизнь» по-английски?

Саша смутилась, за неё заступились:

— Ну все знают, говори, что хотел!

— Не, ну как? — Рок-звезда даже отложил гитару.

— Hy life, — сказали ему.

Тогда Звезда повернулся к какой-то, вероятно, самой преданной фанатке.

— Скажи им.

— Lifetime, — произнесла девушка.

— А, ну да, — сказали все, — понятно.

— Так что, — лицо Рок-звезды стало ещё красивее, — это очень точное определение. Вы думаете о жизни, как об интересном процессе, о впечатлениях...

— О любви, — сказали еле различимые девушки из тёмной части комнаты, — жизнь — это любовь.

Рок-звезда отрицательно покачал головой:

— Вообще нет.

— А что? Ну дай определение жизни.

— Ну вот же: lifetime... Жизнь — это время, которое сначала есть... и которого потом нет. И больше ничего.

Казалось, он добавит что-то ещё, но он не добавил. Тогда парень, сидевший под листьями большого комнатного растения, сказал:

— Какой практический смысл в том, что ты сейчас сказал? Что теперь — повеситься? Если потом жизни не будет, можно, она хотя бы сейчас будет?

— Тебя не бросает в ужас от того, — улыбнулся Рок-звезда, — что когда твоё lifetime закончится, тебя не будет больше никогда: не миллиарды лет, не миллиарды миллиардов, а...

— Вечность, — сказала самая преданная фанатка.

— Даже не это, — сказал Рок-звезда, — это только фигура речи. Мозг смертного не в состоянии понять слова «вечность». В нашем представлении это типа «очень долго». Но вечность — это не «очень долго». Мы, пока живые, способны воспринимать всё только в категориях измеряемого времени, а вечность ко времени вообще не относится.

Вася устроился в кресле, вычисляя, внимание какой из девушек хочет привлечь Рок-звезда. Может быть, всех?

— И что будет после смерти? — спросила Саша.

— Правильнее говорить: после жизни. Есть бытие, и есть небытие. Вот оно и будет. Но говорить об этом смысла нет, потому что мы — смертные, а смертный не может представить, что такое небытие.

У Рок-звезды получалось: девушки не отрывали от него взгляда. И тут некрасивый парень с усами спросил:

— А до?

— Что — до? — не понял Рок-звезда.

— Ну ты переживаешь о своём небытии после смерти. Что будет вечность, в которой тебя не будет. А чего ты не переживаешь о небытии до рождения, когда тебя не было? По сути ведь — одинаковая ситуация.

Рок-звезда не нашёл, что ответить. Потом другой парень пел песни, не такие многозначительные — и даже весёлые. Саша интересовалась, как Васе город, пили чай, ели пряники, и Вася радовался, что так недолго осталось до утра, когда он сможет навсегда уехать из Ярска. Проводив Сашу с Соней, уже хорошо ориентируясь в центре, он вернулся в общежитие.

Не гудела ветром тайга, не было слышно железной дороги. Вася уснул, и Соня ему не снилась.

Ни ангелов, ни демонов не залетало к нему в сон. Не было ни людей, ни звуков. Как будто он выполнил своё предназначение и теперь мог жить, а мог умереть, и в этом был бы одинаковый смысл и одно сожаление. Он проснулся, дольше обычного вспоминая: где он и кто он.

Вдруг сообразил, что опаздывает, и быстрым шагом пошёл в отделение полиции. Должны были приехать сотрудники из Москвы, забрать Легостаева, и после этого можно было уезжать. Солнце позолотило ленты гимнасток, на улицах стояла тишина.

В кабинете Фассбиндера у открытых окон сидела Соня.

— Привет, — сказал Фассбиндер, — вот, посмотри, цирк приехал.

— Какой цирк? — спросил Вася.

— Детский. Час уже слушаю! — И повернулся к Соне. — Ты знаешь, что я сейчас могу привлечь тебя за враньё?

Вася поздоровался и встал между Соней и окнами, как будто хотел защитить её от холодного воздуха и вообще — от окон, как от агентов Фассбиндера. Он уже знал, зачем тот их открывает.

— Приходит утром, — сказал Фассбиндер, — и начинает меня лечить, что наш Легостаев — хороший человек, и она за него ручается.

— Откуда вы его знаете? — спросил Вася.

— Он вёл компьютерные курсы, — подняла голову Соня.

— И фото, — добавил Фассбиндер.

— И фото, — сказала Соня.

— И поэтому, — Фассбиндер подошёл к окну, — он хороший человек и его надо отпустить. Это ж логично! Ну раз курсы вёл!.. И я это час слушаю.

Потом сказал Соне:

— Пересядь, я тут курить буду.

— Курите, — сказала Соня, — мне нормально.

Вася подсел к ней.

— Понимаете... Конечно, люди бывают обаятельные, но факты говорят за себя.

— Главный цирк не в этом, — Фассбиндер сел на подоконник, закурил и, чтобы дым не попадал в комнату, стал разговаривать, неестественно вывернув голову. — Знаешь, что она ещё сказала?

Соня опустила глаза.

— А что ты стесняешься, ты же это хотела официально сообщить! Вот и говори!

Соня сказала спокойно:

— Я с ним была весь тот вечер и ночью.

Вася отмахнулся, глубоко вдохнул.

— Зачем вы придумываете?

— Я не придумываю.

Фассбиндер сказал:

— Не знаю, как он, а я сейчас точно — хороший человек. Твоё счастье, что мы неофициально разговариваем...

Вася сказал:

— У нас та ночь восстановлена по минутам, мы знаем, где он был.

Фассбиндер затушил сигарету.

— А ты не знаешь! И вот так приходишь и врёшь. Тебе, кстати, есть шестнадцать? Ничего? Нормально, что ты такими делами занимаешься? — И сказал уже Васе: — Понятно, что девушке взрослый мужчина может понравиться: он правда разносторонний человек, он нам Word установил.

Помолчали, и Соня сказала:

— Вы же первые должны быть заинтересованы в том, чтобы не ошибиться... Вдруг это кто-то другой? Девушкам же страшно ходить по улицам.

— Знаешь, как по-английски «логично»? — спросил Фассбиндер Васю. — Reasonable.

Во двор въехали красивые неместные автомобили. Несколько легковых и микроавтобус без окон. Фассбиндер надел пиджак, повернулся к Соне:

— Сиди здесь, из кабинета не выходи.

Приехавшие из Москвы были высокие, красивые, ничем не пахли, как будто это были не люди, а предметы. Пожали руки, улыбнулись, поздравили Васю с успехом и предложили подвезти:

— Поедете? У нас в мерседесе есть хорошее место.

— Да, конечно... Вот только вещи в общежитии...

— Ничего, — сказал их главный, — заедем. Зачем вам в транспорте трястись?

Подписали бумаги и, чтобы внести элемент человечности в беседу, сказали Фассбиндеру:

— Удивительная у вас природа.

Фассбиндер был удивлён современным оборудованием, которое московские привезли с собой. Из автобуса, преодолевая ступеньки, в отделение заехала будка-робот размером чуть больше человека. Проехав по коридорам, она «забрала» Легостаева из камеры: когда дверь открылась, приятный женский голос приказал подойти, протянуть руки, затем «будка» надела ему наручники на запястья, светонепроницаемый мешок на голову, опоясала обручем и металлическим тросом на лебёдке затянула в себя. Двери будки закрылись, она уехала обратно в автобус.

— Езжай, — сказал Васе Фассбиндер, — мы тут теперь сами. Они обнялись.

Как и договаривались, Васю завезли в общежитие забрать вещи.

— Я обратил внимание, — сказал один из московских, — людей практически нет на улицах.

— Город крошечный, — предположил другой, — наверное, их просто мало.

Машины включили мигалки и быстро помчались через окраины, а потом через таёжную дорогу. У переправы ждал поезд, но его придержали, и на паром заехал только московский кортеж. Златококша была тихой, листья и опавшие ветки касались бортов. Ещё несколько веток, настолько тонких, что их можно было принять за хвою, легли на палубу. Ярск оставался на другом берегу. В то, что он существует, ещё можно было поверить, но в то, что он, Вася, был там, — уже нет.

Вася попинал сумку, стряхнул ветки. Несмотря на то, что дома в Москве у него лежала куча вещей, в этой сумке было всё, что нужно для жизни, и куда бы он сейчас ни отправился, вперёд или назад, этому была бы одна цена. Куда бы он с этой сумкой ни пошёл, он ушёл бы в прямом смысле, ушёл весь.

Главный московский сказал:

— По вам, ну это так — по секрету, серьёзный приказ готовится. Так что там... Всё хорошо.

От него по-прежнему не пахло человеком, но как предмет он пах приятно: зимним металлом, дорогим отелем, салоном нового автомобиля. Паром коснулся другого берега, машины завелись.

Вася сказал:

— Простите... Мне как-то выдохнуть надо, а то я... Перенапрягся... Сейчас всё равно выходные, так что я бы подзавис еще на денёк в Ярске.

Главный покачал головой.

— Понимаю. Требуется релакс. Но мы не можем возвращаться.

— А не надо, вы меня высадите, я на электричке.

Главный пошёл к машинам, объяснил всё остальным. Договорились, что Вася через пару дней вернётся своим ходом.

— Приятно было познакомиться, — сказали все по очереди.

Кортеж съехал на землю и сначала, шурша хвоей, медленно двинулся к дороге, а потом быстро и беззвучно исчез.

Встречный поезд пришёл быстро. Снова стал притягивать другой берег, закачало на волнах, с деревьев замело сильнее, и Вася даже не заметил, что едет уже через тайгу. До Ярска было две остановки. Сначала «Пещеры», где гора, про которую было непонятно — гора она или холм, чернела намокшими камнями, а потом — «Корзухино», маленькая платформа, даже без строений, только с расписанием. Ещё через десять минут появились ярские дачи, автосервисы и видимые издалека улицы с их велосипедистами и маленькими рынками. Замедлив ход, поезд остановился точно напротив вокзала со старым, вылепленным из гипса названием «Ярск». Вася вышел на платформу.

Соня встала со скамейки, подошла. Нужно было что-то сказать, но в голову ничего не приходило, и вообще Вася не мог понять, зачем он вернулся. Ведь это была даже не Саша. И он спросил автоматически то, о чём всё время думал:

— Зачем вы сказали, что... провели с ним ночь? Придумали?

Соня молчала.

— Хотите его спасти?

Соня кивнула. Но получалось, что она кивнула по поводу того, что хочет спасти. А про ночь не ответила ничего. Непонятно, почему Васю это волновало, ведь это была даже не Саша.

— Так... Придумали или?..

Соня серьёзно ответила:

— А если — да, вы его что, отпустите?

— Я вам не обязан отчитываться.

— Тогда и я вам тоже.

У Сони был электровелосипед, на нём и поехали в лес. Потому что стояли на платформе, молчали, а потом Вася сказал:

— Если хотите убедиться, поехали. Я вам наглядно покажу.

Это было серьёзное нарушение. Но захотелось, чтобы она сама убедилась. В общем, Вася предложил, а Соня сказала:

— У меня есть электровелик. Поехали по короткому пути.

— А он нас выдержит?

— Выдержит.

Вышли на привокзальную площадь, Соня отстегнула от столба тяжёлый, с мощной рамой велосипед, поехали. Свернули на маленькую дорожку, а там через пару километров выехали к огромной воде размером с море. Другой берег просматривался с трудом.

— Это Златококша? — спросил Вася.

— Нет, водохранилище.

Тяжёлый велосипед, да ещё с двумя людьми, оставлял глубокий след в песке. Вскоре они оказались у леса. Вася привёл Соню к месту преступления и рассказал о том, какие улики собраны против Легостаева. И про алиби Самохина, нашедшего тело, и про телефон блогера Лёни. И о том, как Легостаев потом сюда ездил, проверял место. Соня кивала, соглашалась с доказательствами, но не могла принять их.

— А как он смог её так далеко затащить?

— Просто привёл на прогулку точно к тому месту, где собирался убить. Зачем рисковать, когда жертва может прийти сама?

— Он не мог этого сделать, он хороший человек.

— Человеческие качества мы не обсуждаем.

— Я обсуждаю, — сказала Соня, — я могу за него поручиться.

— Человек сам за себя не может поручиться, — ответил Вася.

Тогда Соня посмотрела в глаза и спросила:

— Как его убьют?

Вот так: взяла и перескочила с темы на тему. Вася и без того с ней нянчился, тратил время, а она от него потребовала ответственности за всю борьбу добра со злом на планете Земля.

Не знает Вася, как убьют Легостаева! Вообще не в курсе! Он следователь, его задача — найти маньяка.

Говорить больше было не о чем. Непонятно вообще, зачем вернулся: ехал бы сейчас в мерседесе, пил напитки, смотрел в окно. И Ярск исчез, растворился бы из памяти — по буквам. Я — стёрся бы день с расследованием, с сотней новых, ворвавшихся в мозг лиц и голосов, Р — и вот нет уже закрученных улиц, тротуаров, Фассбиндера с женой и обоев за их спинами, С — поющей и спорящей молодёжи, салата с майонезом и чая из чашки с надписью «Златококша-2057», К — и никакой Сони. Мерседес проехал бы с мигалкой по пустой трассе и, как собачка на молнии, застегнул бы тайгу за собой.

Уехали из леса, начался дождь, завернули в кафе около дороги.

— Не обидитесь, если за чай заплачу?

— Сразу видно, что вы из Москвы. Не обижусь. Возрадуюсь.

Пока Соня пила чай и смотрела в окно, у Васи в голове оставалось это дурацкое «возрадуюсь». Ну как — дурацкое? Есть в этом своё обаяние... Его взгляд последовал за Сониным: вдоль забора прошла собака, а поверх забора было видно гору с лесом и чёрными камнями. При этом непонятно, была это гора или холм, а камни, наверное, следовало называть скалами, потому что они были очень большими.

— Ну то есть он будет сначала абсолютно живой, а потом сразу мёртвый? — не отрываясь от скал, спросила Соня.

Это было хамство с её стороны — так себя вести. Он — официальное лицо, ничего ей не должен: вернулся, чтобы как-то объяснить и утешить, а она что-то начинает требовать и даже обвинять. Или она его ненавидит, потому что он нашёл маньяка? Нет, не маньяка, а важного для неё человека. Вася — его убийца, причина грядущей смерти. Важного? Значит, не придумала? Ей же лет шестнадцать. Кто он ей? Вася сказал:

— Можно нормальный какой-нибудь вопрос задать, а не странный детский?

— Это нормальный, — промычала Соня.

Тут уже Вася завёлся.

— Я не понимаю, что должен вам ответить? Я, как мог, рассказал процедуру, я тоже не идеально её знаю.

Соня оторвалась от скал и посмотрела на него.

— У него нет никакого повода быть мёртвым, он себя прекрасно чувствует.

Вася решил молчать, чтобы Соня сама поняла: если хочет разговаривать, то должна выражаться яснее.

Соня пояснила:

— Ну вот если кто-то старый или болеет, это понятно, а здесь — нет никакой причины, чтобы он превращался из живого в мёртвого.

— Молодому и здоровому тоже может кирпич на голову упасть, — сказал Вася.

— Это несчастный случай. А тут... — У Сони выступили слёзы, она прикрыла глаза ладонью. — Вот он сидит... Поспал, поел. И зачем-то его из живого будут делать мёртвым, хотя можно этого и не делать. У вас это умещается в голове?

Вася откинулся на стуле.

— Почему я сейчас должен это слушать? Как на это можно серьёзно отвечать? Мы живём в государстве, у государства есть законы. В данном случае — смертная казнь. Он же тоже кого-то убил, на секундочку.

— Как мне его увидеть? — жалобно прошептала Соня.

Значит, Фассбиндер просто отправил её домой и ничего не сказал? Ох ты господи.

— Никак, его увезли в Москву ещё утром.

Соня молчала минуту, а потом запустила в Васю чашкой, он еле успел увернуться. Чашка разбилась о стену, осколки коснулись шеи. «Мелкое хулиганство», — подумал Вася. Соня выбежала, отогнала от велосипеда собаку и уехала.

Вася извинился и тоже ушёл, побрёл по памяти вдоль леса, а потом вдоль воды. Путь оказался длиннее, чем путь сюда, а может быть, он немного неправильно пошёл. То и дело встречались повороты берега и поваленные деревья, которых он не видел раньше. Нужно было торопиться.

— Стойте! — послышался крик в спину. — Давайте я лично от вас отстану, вы скажите просто, куда нужно ехать, с кем говорить?

Вася не повернулся. Отмахнулся. Шум шин по песку стал тише, Соня поехала медленнее, как бы извиняясь и ожидая, что её простят.

— Сколько у меня есть времени? — спросила она.

Вася ответил зло:

— Я сейчас думаю, сколько у меня времени: успею я на последнюю электричку или нет.

— Давайте на велосипеде поедем!

— Мы вдвоём на вашем велике в песке утонем.

— Берите, на вокзале оставите!

В общем, понятно было, что она не со зла, конечно, запустила чашкой. Вася остановился.

— Всё равно неизвестно, когда поезд...

— Неизвестно, — сказала Соня.

Поговорили и хватит. Вася пошёл быстрее, Соня спустилась, пошла за ним, катя по песку тяжёлый велосипед.

— Скажите, а если собрать положительную характеристику от кучи людей, это имеет смысл?

— Нет.

— На это не обращают внимания?

— Может, обращают, но не когда такие факты.

Соню вдруг осенило.

— Но вы же сами все эти факты обнаружили!

— Да, — сказал Вася, — я сделал свою работу и уезжаю.

— Но... Ну подождите, не идите так быстро, ну секунду! Ведь если вы ещё что-то обнаружите, вам же поверят?

Вася остановился.

— У вас же что ни секунда, то факт, что ни секунда, то факт. Могло же ещё обнаружиться! Ну чтобы его отпустили?

Вася раскрыл удостоверение и показал Соне.

— Посмотрите. Я официальное лицо. Вы сейчас пытаетесь влиять на следствие, я могу вас арестовать.

И после этого пошёл уже по-настоящему быстро, не оборачиваясь. Соня ничего не крикнула вслед: ни сразу, ни через две секунды, ни через пять. За спиной у Васи осталось тишина, как будто Соня пропала навсегда. А потом раздался крик:

— Я не была с ним ночью, я придумала!

Что-то тяжёлое, что давило на грудь, отпустило. Вася остановился, вернулся к Соне.

— У вас на щеке что-то.

Сказал так, как будто должен коснуться и убрать соринку с лица. Но не коснулся.

— Это родинка, — сказала Соня.

В принципе, от неё исходила не только боль.

— Да нет, родинка — само собой, — сказал Вася и прикоснулся.

Соня спросила:

— А что там?

— Фигня какая-то, не дёргайтесь.

— Стою.

Вася не мог убрать соринку.

— Это, вообще, такое ощущение, что кровь, — может, вам осколок попал от этой чашки.

Соня, закрыв глаза, послушно стояла по стойке смирно.

— Видите, в какой я опасности? А вы не хотите маньяка ловить.

Вася еле касался её лица.

— Говорю же, поцарапало.

— А, — сказала Соня серьёзно, — это, может, покарябки от кошки. — И открыла глаза. — Тут близко до станции, дойдёте?

— А кровь свежая откуда? — спросил Вася.

— Это из носа, у меня бывает иногда: капиллярчики.

Вася отошёл на несколько шагов. Соня сказала:

— Ну что, прощаемся?.. Можно начинать плакать?

Вася ответил почему-то на предыдущий вопрос:

— Я вроде помню... Как идти...

А Соня держалась за последний:

— Про плакать — шутка была. Идите. Только не оборачивайтесь. Не нужно вот этих вот взглядов через каждые пять метров.

Оборачиваться — действительно неправильно. Вася в юности ещё обдумал этот вопрос и решил, что прощание — есть прощание, не нужно из него устраивать спектакль. У всего есть своя точка входа и точка выхода. У любви, у знакомства, у жизни. И если ты понимаешь, что сейчас точка выхода — выйди и не мучай себя. Он так и прошёл метров пятьдесят, но вдруг почувствовал что-то странное. Не молчание Сони, не взгляд в спину, а её полное отсутствие. Это чувство было сильнее, чем пару минут назад, когда он пытался уйти в первый раз.

Нарушив принципы, он обернулся. Сони не было, а уйти куда-то с пустынного берега так быстро она не могла. Господи, ну какая дура: Вася увидел, как Соня, как была, в одежде, заходит в воду и скрывается с головой. Дура, а спасать надо. Он сбросил на бегу обувь, забежал в воду, нырнул. В тёмной воде ничего не было видно, и он несколько раз выныривал, набирал воздуха и нырял опять. На пятый раз случайно (могло и не повезти) нащупал Соню, схватил и вынес на берег.

Начал делать искусственное дыхание, Соня захохотала:

— Романтичненько получается!

Вася отстранился. Она не унималась:

— Соскучились?.. А то раз так — и меня нет.

Поставила перед лицом ладошки и стала исчезать за ними и появляться опять, как будто играя с ребёнком.

— Есть!.. Нет!.. Е-е-есть! Не-е-ет!

Вася упал на спину. Соня продолжала смеяться.

— Что вы ржёте? — спросил он.

— Да так, приятно упасть с интересным мужчиной.

И они заснули, а может быть, только Вася заснул. Когда он открыл глаза, Соня сидела рядом.

— Я же говорила, не нужно оборачиваться. Ушли бы и жили своей жизнью. А теперь лежите мокрый, в неизвестной местности и меня терпите.

— Если бы я не обернулся, вы бы сейчас лежали на дне озера.

— Водохранилища, — поправила Соня.

— Водохранилища, — согласился Вася.

Она встала.

— Вставайте. Я вас научу прощаться.

Он не хотел принимать участие в её шуточках. Остался лежать.

— Вставайте, вставайте!

Нехотя встал.

— Смотрите, — сказала Соня, — когда кто-то из нас умрёт, второй будет переживать. Но пока мы живы, можно договориться. Мы должны с вами вдвоём везде побывать в разных местах. Потому что потом, когда кто-то останется один, он будет ходить по этим местам и думать, что вот — всё есть, а второго человека здесь нет.

— Из какой это книжки? Почему я всё это должен слушать?

— Не, не, не, — сказала Соня и немного отошла, — суперметод, смотрите! Вот, например, мы на берегу озера.

— Водохранилища, — передразнил её Вася.

— Это не важно.

Вася сказал:

— Все мелочи важны.

Соня цыкнула на него:

— Я тут стою живая, а вам мелочи важны… Закройте глаза…

Вася закрыл.

— Откройте.

Открыл. Сони не было. Покрутил головой: да что же она всё время куда-то исчезает! Раздался голос:

— Вот так будет без меня. Всё есть, а меня нет.

Появилась откуда-то.

— Но пока я здесь, я могу сказать: «Вася, когда ты будешь видеть это пустое место — не переживай. Смотри на мир без меня спокойно! Мне — вообще норм!» Теперь меняемся местами.

Поменялись. Она закрыла глаза. Крикнула:

— Уходите!

Он отошёл, она подождала немного, а потом махнула рукой: мол, можно заходить. Вася вернулся.

— Ну, теперь говорите то же самое!

Вася с трудом вспомнил фразу:

— Соня, когда меня не будет и ты будешь видеть это пустое место — не переживай…

— Смотри на мир без меня спокойно.

— Смотри на мир без меня спокойно.

Вася даже улыбнулся:

— Ну что, получилось у меня?

— Надо ещё сказать: «Мне вообще — норм».

— Мне — вообще норм! И что всё это значит?

— Очень просто. Надо теперь побывать во всех точках мира, в каждом городе, зайти на каждую улицу, в каждую квартиру, и там всё это сказать друг другу! И тогда, — она подняла руки к небу, — будет полный восторг! Можно умирать, и второй человек не будет переживать.

Доехали до вокзала, оказалось, что поездов уже нет.

— Завтра теперь только, — виновато сказала Соня, — это вы из-за меня опоздали. Хотите — берите велик, езжайте в город.

— Я не хочу там светиться… Селиться снова в этой МВД-стайл общаге. Уехал — и уехал.

Прошлись по привокзальной площади. Соня сказала:

— Ну поехали к Саше тогда.

— Саша?

Точно, была ведь Саша.

— Это моя подруга, которая вас на концерт привела. Она близко живёт, на даче. И утром оттуда быстрее. Я скажу, что вы на поезд опоздали, а я вас случайно встретила.

— А как она к этому отнесётся?

— Возрадуется.

Поехали мимо старых домов, а потом по маленькой дорожке к посадкам. Стало быстро темнеть, и тут у велосипеда сел аккумулятор. Ехать вдвоём, крутя педали, было сложно. Спешились, потащили. Вася забурчал:

— Зачем было вообще покупать такой тяжёлый?

— Да вы не волнуйтесь, я сама потащу.

— Ага, а я буду идти и смотреть, как девушка тащит.

Он не замечал за собой раньше такого бурчания. И подумал, что классно вот так идти и бодаться по мелочам. Соня сказала:

— Давайте здесь его оставим, я потом заберу.

— На ночь?

— Я сто раз везде оставляла. Вы не волнуйтесь, у нас не воруют. У нас только убивают.

К даче нужно было идти вдоль леса, а потом через сам лес. Вася катил велосипед.

— Вообще, конечно, не очень удобно… Здороваться надо будет. Разговаривать о чём-то. Я её не знаю совсем. Чай пить придётся…

— Странный вы, — сказала Соня, — такой герой, преступления раскрываете, с тысячей взрослых общаетесь, допрашиваете, а тут — в гости стесняетесь зайти, «здрасьте» сказать.

Вася объяснил, что то — по работе, а сейчас ведь — просто жизнь, и он имеет право стесняться. Упало несколько капель дождя, листья липли к шинам, и если забыть, по какому поводу они познакомились, идти рядом было приятно. Но говорить, кроме как о велосипеде, было не о чем. Вася продолжил:

— Вот обычный велик — лучше же. Ты не зависишь от аккумулятора, колёса приводятся в движение за счёт мускульной силы. Ты полностью автономен.

— Душнила, — сказала Соня.

Пришли к даче, Саша была очень обрадована, решили пить чай во дворе. Вася с Соней притащили из дома стол, а после девушки принялись хозяйничать, положив Васю отдыхать в гамаке. Полузакрыв глаза, он наблюдал за темнеющими в смородиновом небе ветвями, за птицами, просто за воздухом. Огромный пёс Туча ходил вокруг и иногда клал на гамак лапы.

Одна из девушек коснулась Васиного плеча, позвала к столу. Вася проснулся, неуклюже повернул голову, но так и не понял, кто это был.

Соня вела себя так, как будто была незнакома с ним и действительно случайно встретила на вокзале. Стала вести светские беседы, спросила:

— Вы у нас так ничего и не посмотрели?

А Саша сказала:

— У нас тут есть дорога, по которой монголы отступали.

— Нет, к сожалению, не посмотрел, — сказал Вася, и они какое-то время пили чай молча.

Саша подлила ещё:

— Ну и вообще — природа.

— Природу посмотрел.

Девушки откинулись на спинку плетёного дивана, накрылись пледом. Синхронно улыбались, двигали головами, отмахивались от комаров. Можно было подумать, что плед скрывает двух сиамских близнецов. Саша сказала:

— Сейчас ещё не так красиво, вот осенью!

Вася с сожалением развёл руками: приехал, когда приехал.

— Я рисовать хожу на ту гору, где монголы, как раз, — тихо добавила Саша, — и вот в районе октября видно, как всё цветное становится. Сразу ясно, какое дерево — какое дерево.

— Да-а, — согласилась Соня, — там красивенько...

Потом Саша улыбнулась:

— Я просто не очень умею поддерживать беседу.

И Вася улыбнулся:

— Не нужно, я тоже не умею.

Все засмеялись, стало как-то проще. Саша сказала:

— Можно поиграть во что-нибудь.

— Не, я вам проиграю сразу!

— Давайте! Мы вот с Сонькой обычно «богинями» лечимся — вечер уходит на раз!

— Какими ещё богинями?

Соня объяснила:

— Это типа гадания. Вытягиваешь карточку, и она тебе показывает, какая ты древнегреческая богиня... Повышает самооценку, и спишь потом отлично.

— Я вам точно проиграю!

Через несколько минут игра в богинь была в разгаре, а на столе появились стаканы и бутылка вина. Соня вытянула карточку.

— Я — Евклея. Богиня славы и... Сейчас внимание: хорошей репутации!

Потом тянула Саша.

— Та-ак! Ха-ха! Я — Танит. Богиня-девственница!

Соня обняла Сашу:

— Скучно жить! У меня репутация хорошая, ты — девственница!

— Тяни ещё, — улыбнулась Саша.

Подошёл Туча, стал лизать всем ладони. Соня вытянула новую карточку.

— О, уже нормально. Басилея! Дочь... Знаете чья?

— Чья? — хором спросили захмелевшие Саша с Васей.

— Зевса!

— Ты ж моя котя! — промурлыкала Саша и поцеловала Соню.

Соня продолжила читать то, что написано на карточке.

— Но это только полфигни! Я ещё... Сейчас внимание: хранительница молний Зевса!

Саша и Вася зааплодировали, потом девушки предложили тянуть Васе.

— Я же не женщина!

Соня настояла:

— Это Древняя Греция, тут вообще пофигу!

Засмеялись и выпили ещё. Наступила ночь.

— Мы пойдём на последний, — сказала Саша, — а вы отдыхайте, сколько нужно, и потом ключ положите под гнома.

Рядом со скамейкой стоял старый, в облупившейся краске садовый гном.

— А не украдут? Достаточно очевидное место.

Соня сказала:

— Я тут отсыпаюсь периодически. И всегда под гнома кладу. Ни разу никто не забрался.

Они стали собирать со стола.

— Вы же следователь, — сказала Саша, — это же просто: вор фиг подумает про очевидный вариант, будет искать где-нибудь...

— В дупле! — предложила вариант Соня.

Вася улыбнулся:

— Тогда уже сразу под коврик кладите.

— Нет, — сказала Саша, — я учила психологию. Под ковриком вор посмотрит и в дупле посмотрит, а под гномом — нет. Он подумает про самое очевидное, и про самое хитро...

Она запнулась.

— ...Хитровыдуманное, — подсказала Соня.

Занесли в комнату стол, стулья поставили под навес. Вася сказал:

— Вы молодец, Саша. Всё правильно. Есть такое правило второй версии. Первая — слишком банальная, третья — уже ненужное усложнение, а вторая — оно и есть.

Саша показала, как работает газ, где лежат продукты, как закрывается замок: «Вот тут надо вверх ручку поднять и чуть навалиться, тогда закроется».

Девушки сели покурить на дорожку.

— Но вообще я ненадолго в этом городе, — сказала Саша, — наверное, перееду скоро.

— Да, а почему?

— Засиделась...

— И?

— В прямом смысле. Разве этого недостаточно?

Соня выдохнула дым в уже холодный ночной воздух:

— Тебе просто надо влюбиться на осень.

Вася сидел между девушками, каждую из которых знал всего день, и не понимал, об уходе кого из них он сожалеет больше. Саша и Соня встали, пошли, держась рядом, симметрично относительно линии его взгляда. Стали удаляться как одно целое, ни одна не была ближе или дальше. Полукруг света, падавший из окон на траву, отпустил их, стало пусто, и Вася подумал, что толком не попрощался. А ведь утром он оставит ключ под гномом и уедет.

Погладив пса, он зашёл внутрь, стараясь занимать меньше места, чувствуя себя в чужом доме скованно и одиноко. Постоял у плиты, включая и выключая газ, радуясь его шипению, как заглянувшему на огонёк человеку. Запер дверь, положил ключ на подоконник. Начался дождь, Вася решил не раздеваться: помял подушку и лёг поверх покрывала.

Он уснул и не слышал, как дождь усилился, как зашумели кроны, застучали ветки. Оставалась одна ночь, даже несколько часов, чтобы уехать из этого города. Он проснулся, ощущая на себе чей-то взгляд, посмотрел в окно. К стеклу приникла Соня. Вскочил, открыл дверь и вышел на крыльцо. Они поцеловались.

— Соня, я ничего не могу сделать, правда, — сказал он, когда она оторвала губы.

Соня прошептала:

— Саша села на свой, она думает, что я на шестом поеду... Мы же можем просто поговорить?

— Можем.

Она снова стала его целовать, встав на цыпочки и обнимая за шею. Ушли в дом. Целовались ещё. Не одну минуту. Скорее, несколько минут. Соня трогала его лицо и волосы, а потом сказала:

— У него такие глаза... Такие волосы... И всё это убьют.

Не дала ответить, снова поцеловала:

— А я ничего не могу сделать... Так же не должно быть... Ни при каких обстоятельствах... Он сейчас где-то сидит... И к нему нельзя прикоснуться.

«С ума сошла, — подумал Вася, — смотрит в мои глаза, целует, а говорит про него. Как будто она с ним сейчас».

— Я же не прошу ничего, я понимаю, что ничего нельзя сделать... Но нам же надо было как-то попрощаться?

— Кому — нам? — спросил Вася.

— До свидания? — спросила в ответ Соня.

— До свидания.

И они стали ещё ближе, оказались на кровати.

— Вот вы будете лежать потом один — вы обо мне не жалейте никогда.

— В каком смысле?

— Ни в каком. Не скучайте. Я вам сейчас говорю: «Мне вообще — норм». Вы кого-нибудь любите?

— Вы мне очень нравитесь, — ответил Вася.

Соня сняла с шеи цепочку и положила на подоконник.

— Нравиться может картина «Охотники на снегу» художника Брейгеля-старшего, а я — живой человек.

— Люблю, — сказал Вася.

Она двигалась медленно, как будто накрывая его невесомым покрывалом.

— Я уже никто в этом деле, — сказал Вася, — они там будут без меня факты рассматривать, а потом суд.

— Но вдруг им что-то помешает?

— Не знаю. В таких делах... Только если убийства продолжаются...

Соня переспросила:

— Что?

— Только если такие же убийства продолжаются, отменяют казнь, потому что понятно, что это не он.

Когда Вася проснулся, Соня уже ушла. Вася уехал в Москву.

Глава пятая. Снова Ярск

— Там новое убийство. Точно такое же. Это не он, — сказал штатский и стал куда-то звонить.

В комнате для Гуманных Прощаний все замерли, никто, кроме Легостаева, не дышал. Широко открыв рот, он глотал воздух. Фассбиндер в такой ситуации кинулся бы открывать окно, но окно было ненастоящее. Человек со шприцем отошёл в сторону.

Пока Вася доехал до дома, журналисты уже успели опубликовать новости, вроде «Горе Шерлок Холмс», «Звезда села в лужу» и «Убийства в Ярске возобновились». Он позвонил продюсерам сериалов, хотел сказать, что не сможет завтра приехать, но они не взяли трубку.

Машинально кинул в сумку какие-то трусы-носки и только в самолёте понял, что зачем-то поехал в ментовской форме с новыми погонами. Подумал, что купит что-нибудь на месте, но, когда прилетел, в аэропорту были только дурацкие майки с жар-птицами, а на рынке у вокзала не оказалось джинсов его размера. Решил ничего не покупать.

Его никто не посылал в Ярск, никто не ждал там. Он поехал, как будто по-другому не могло быть, как будто он держал сейчас в руках книгу своей жизни, и там в конце, в содержании, была глава, где он ехал в Ярск.

Снова не успел посмотреть название конечной. Снова только отметил мост как ориентир: «станция», «мост» — легко запомнить. То ли гора, то ли холм показались справа, когда его поезд поплыл на понтоне через реку, а потом слева, когда тот делал петлю внутри таёжных коридоров.

На вокзале в Ярске Вася не стал садиться на пятый автобус. По знакомой дороге спустился вниз к Элеваторной, а после, цепляя репейник, через заброшенные сады — к нижней дороге, где ходила «четвёрка». Та пришла быстро, и вскоре он вышел около того самого входа в лес, на потайную тропу, где происходили убийства. Несмотря на то, что стоял день, заходить туда было страшно: вход выглядел, как пасть морского чудовища, сразу за листьями начиналась чернота. Вася переборол себя и сделал шаг внутрь. Почти сразу же столкнулся с Фассбиндером.

Они обнялись.

— Видишь, как всё... — сказал Фассбиндер, пока ехали в отделение. — Ошибка получилась.

— Но как же так... Все улики... Всё было доказано...

— Такая вот ситуация... И, главное, мы никому не разглашали детали убийства.

— Да, — сказал Вася.

— А всё повторилось, как будто один человек делал.

Они подъехали к центру города, и Вася наконец спросил:

— А... Кого убили? Кто жертва?

— Да-а, — протянул Фассбиндер, — девушка одна. Обидно ужасно. Тебе, наверное, тяжело будет, ты ведь тут с кем-то познакомился, должен помнить.

У входа в отделение курили Николай и Татьяна Григорьевна. Они поздоровались, а остальные работники Васю как будто не заметили и пошли по своим делам.

— Вы зачем приехали? — спросила Татьяна Григорьевна.

— Я хотел разобраться, — сказал Вася, — что случилось, в чём могла быть ошибка.

— Стоило ли так далеко ехать, — Татьяна Григорьевна смотрела мимо него, — будем расследовать потихоньку, спешить в таких делах ни к чему.

Николай, как бы извиняясь за Татьяну Григорьевну, посмотрел в глаза Васе. Ничего не сказал, просто дал понять, что здесь есть люди, которые смотрят ему в глаза.

— Да, — сказал Фассбиндер, — не нужно спешить. Тут давно всё тянется... Очень давно... Ты, наверное, опять не хочешь на экскурсию? Про монголов, про купца Семибратова?.. Ну, не принципиально.

— А... кто жертва? — снова спросил Вася. — Я могу посмотреть?

— Не знаю, — ответила Татьяна Григорьевна не ему, а в третьем лице. — Василий ведь сейчас официально не участвует в расследовании. Просто приехал по личной инициативе.

— Да, — согласился Фассбиндер, — дело серьёзное, посторонним не положено.

Потом улыбнулся:

— Форма у тебя новая классная.

И все замолчали. Но Вася снова попросил ввести его в курс дела.

— Хорошо, — сказал Фассбиндер, — не зря же ты ехал.

Татьяна Григорьевна докурила и согласилась сходить в патологоанатомическое отделение.

— Это местная девушка, молодая совсем, — сказала она.

Пришлось подождать, пока с перерыва придёт работник отделения. Татьяна Григорьевна села за стол и стала рассматривать вещественные доказательства, записывать что-то. Вася увидел у неё в руках цепочку.

— Что это?

— Нашли у девушки... У жертвы.

Вася приблизился и узнал цепочку Сони. Тогда ночью, в доме, она сняла её и положила на подоконник.

Пошли в патологоанатомическое.

Идя по коридору, Вася не знал, когда лучше вдохнуть. Если сразу, то воздуха не хватит надолго, и сердце не выдержит того, что предстоит увидеть, а если позже, в мертвецкой, то вдохнёшь уже трупный запах, и он станет последним воспоминанием о человеке. Хотя, наверное, одного вдоха не хватит, и за дверью вдыхать всё равно придётся? Значит, не принципиально?

— Извините, у меня нет респираторов, — сказал работник, — закончились. Но вы — так, рукавом.

Вася вдохнул, дверь открылась. В дальнем углу комнаты, непонятно для чего здесь, стоял остов чёрного, как будто обгоревшего, пианино, а на полу, на плитке, лежал небольшой полиэтиленовый пакет.

— Открывать? — спросил работник у Татьяны Григорьевны.

Почему на полу? Должен же быть какой-то стол?

Это была старая, скорее всего, даже не советская, а царская плитка, выложенная мастерски, без швов. Бирюзовые пятиугольники отражали едва доходивший до них свет, узор состоял из тонких линий, про которые можно было подумать, что они возникли от времени, но линии были одинаковые — то есть это действительно был рисунок из еле заметных ветвей и цветов, какие встречаются на английских сервизах. В принципе, плитка была классная, стоило поискать себе похожую в ванную. Но у него, наверное, теперь отберут квартиру?

— Откройте, — сказала Татьяна Григорьевна.

Если не рассматривать баскетболисток, средний рост у девушек небольшой: метр шестьдесят с той или иной капелькой. Но всё равно человек — это человек, у него есть определённые габариты. Было сложно поверить, что в пакете лежит она вся, от пяток до макушки, и занимает в бесконечной теперь Вселенной так мало места.

Пока Вася думал про плитку и про рост, закончился воздух, который он вдохнул в коридоре, пришлось вдохнуть ещё. Он постарался это сделать коротко, чтобы не почувствовать запаха. Запах моментально забрался к нему в ноздри, но оказался не страшным. Специфический, конечно, но — норм. «Мне вообще — норм», — вспомнилось ему. Интересно, что среди множества мест, в которых нужно было побывать и сказать друг другу: «Смотри на мир без меня спокойно, мне вообще — норм», они не обсудили морг. Это как-то не пришло в голову, потому что, во-первых, в жизни люди по моргам не ходят, это не самое популярное место для свиданий, а во-вторых — та практика касалась ситуаций, где ты теперь один, а второго человека нет. А тут как раз он был. Маленький, в полиэтиленовом мешке и почему-то на полу. А где стол? Работник приоткрыл пакет. Вася узнал лицо Саши.

Наступил вечер. По просьбе Фассбиндера Васе разрешили остановиться в общежитии. Он зашёл в комнату, сел на стул и стал смотреть в окно. В прошлом году у него была комната на эту же сторону, но двумя этажами выше, открывался вид на парк и историческую пожарную каланчу. Смотрелось и думалось легко. Сейчас же была видна только стена напротив, думать не получалось.

Значит, убили Сашу. Маньяк убил Сашу. Значит, убили Сашу.

Вася качался на стуле и повторял эти слова, стараясь произносить их отчётливо, не ставя точку, подвешивая конец в воздухе, надеясь, что продолжение придёт само. Но слова просто ходили по кругу, и через час раскачивания Вася вышел на улицу.

Значит... Соня жива, и её срочно нужно найти. Но он не знал, где она живёт, у него не было её номера телефона. Не пойдёт же он спрашивать Фассбиндера — тот и не знает, что они общались, кроме тех нескольких минут в кабинете. Вася свернул с Достоевского на Трудолюбия, улицы были пустыми, изредка только кто-то появлялся и тут же пропадал, как будто каждый боялся каждого.

В этот момент показался (куда же без него!) юный блогер Лёня. За год он не изменился, был в тех же штанах и куртке, с волосами той же длины и тем же почти детским лицом. Сел в автобус. Вася тоже сел. Сказал:

— Привет.

— Здравствуйте, — ответил Лёня.

Было уже темно, так что они видели в окне не город, а отражение друг друга.

— Ты в курсе, что случилось?

— Да, — ответил Лёня в значении «ну?».

Он говорил тихо. Вообще не хотел разговаривать.

— Ты знаешь Соню?

— Ну, — ответил Лёня в значении «да».

Где она, Лёня не знал.

— Хорошо, а кто-нибудь из твоих сверстников знает? У вас же большая компания?

— Сами спросите.

Он сказал, что едет к друзьям, которые собираются в связи с убийством Саши.

— Ты не против, если я с тобой пойду?

— Ваше дело.

Доехали до первой школы, Лёня сразу нырнул на тропинку между заборами, пошли через заброшенный сад. Деревья были низкие, иногда приходилось нагибаться, чтобы яблоки не били по лбу. Вышли к многоэтажкам, и Вася понял, что это тот самый дом, где год назад они сидели после концерта, пели песни и разговаривали о жизни.

Он сразу узнал окно и увидел в нём много людей. Вспомнился их разговор с Соней. «Здороваться надо будет... Разговаривать». «Странный вы: с тысячей взрослых общаетесь, а стесняетесь „здрасьте" сказать». Тогда он ей ответил, что стесняется только в жизни, а на работе — норм. Но сейчас было непонятно, жизнь это или работа.

Поднялся на третий этаж. В квартире было человек двадцать, и вообще всё очень напоминало прошлогоднюю вечеринку. Только повод для встречи был другой, все замерли по углам.

— Здравствуйте, — сказал Вася.

Ему никто не ответил.

— Здравствуйте, — повторил он, — ребята, я приехал из-за того, что случилось. Можем поговорить?

Девушки посмотрели на парней.

— Выйдем, — сказал Рок-звезда, одетый в офисный костюм. Видимо, был после работы.

Внизу у подъезда парни обступили Васю.

— Ребят, успокойтесь. Я официальное лицо, мне нужно всё точно расследовать...

— Ты уже один раз расследовал, — сказал Рок-звезда. — У тебя уже один раз было всё точно.

Вася посмотрел ему в глаза:

— Молодой человек, я сейчас не буду вас арестовывать, я не хочу вас сажать, возьмите себя в руки.

Несколько девушек спустились и смотрели на них. Звезда воодушевился:

— Можешь всех нас тут посадить и повесить. Пока тебя весь год по телеку показывали, Сашу убили.

Он ударил Васю, друзья его сразу оттащили. Крикнули:

— Уходите, мы ничего не боимся. Можете хоть с армией сюда приходить.

Вася поднялся, вытер кровь:

— Ребят, вы же сядете. Я официальное лицо.

— Всех не пересажаете, — ответили ему. И ушли.

Вася вернулся в общежитие и долго не мог уснуть, потому что было вообще непонятно, что делать.

Он проснулся в темноте и подумал, что, может, имеет смысл побродить по улицам и встретить Соню, ведь город маленький и улицы замкнуты в круг. Потом подумал, что он дурак, ведь даже в маленьком городе, где улицы замкнуты в круг, шанс вот так просто встретить человека равен одному из миллиона. К тому же девушки ночью по улицам не ходят.

Но сидеть и качаться на стуле, бесконечно повторять слово «итак» было глупо. Возникла идея найти Сашин дом в лесу:

Соня говорила, что иногда отсыпается там. Но... Иногда — это раз в неделю? Раз в год? Вряд ли... Да и не факт, что удастся найти: он помнил дорогу только от станции, через лес. И после убийства Саши дом наверняка опечатан.

Он уснул, а когда проснулся, уже было десять часов. Включил телевизор. Там по нескольким каналам шли криминальные новости, говорили о том, что в Ярске активизировался маньяк, погибла юная девушка.

«Так нельзя говорить, — подумал Вася. — Юная девушка — звучит глупо. Понятие „юная" уже заключено в слове „девушка". Нельзя же сказать: „старый старик" или „взрослый взрослый" или „детский ребёнок"». Лица репортёров сменяли друг друга. «Самонадеянный молодой следователь выстроил стройную систему доказательств, человека приговорили к смертной казни, но ровно через год, в течение которого он сидел в тюрьме, маньяк снова совершил такое же убийство».

«Кто сидел в тюрьме год? — подумал Вася. — Молодой следователь или человек, которого он поймал? Оба подлежащих слишком близко стоят к сказуемому, можно подумать и так, и так. Чему их учат на телевидении? Говорить нормально не умеют...» «Стройная система доказательств». Что за штамп? Он встречал эту фразу много раз в сериалах, где подрабатывал консультантом. У них там одни и те же люди пишут?

Но «молодой следователь» — это нормально, так сказать можно. Это же не «юная девушка»... Интересно, а если следователь не молодой, то как тогда нужно говорить? Взрослый? Как будто бывают следователи-дети! Старый? Это обидно, и не все же следователи, которые не молодые — старые? Опытный? Да, наверное, нужно говорить «опытный». А в чём заключается опыт? Просто в количестве проведённых дел? В умении анализировать? Понимать, что важно, а что нет?

Вася всё-таки решил позвонить Фассбиндеру, и пока шли гудки, понял, что репортёры вещают с улиц Ярска. Он узнал парки за их спинами, граффити с гимнастками, здание мэрии. Фассбиндер ответил воодушевлённо:

— Привет. Ну, как ты? Поспал?

— Анатолий Сергеевич, я бы хотел разобраться в ситуации. Получается, я виноват...

— Давай заеду! Выходи к помойке.

Вася быстро оделся и вышел к торцу общежития. Через минуту подъехал Фассбиндер.

— Я сейчас спешу, — сказал он, — но ты говори. Давай пройдёмся.

Пошли в сторону «больших улиц», как их называли местные. Вася разгонял ногами щебень, говорил, опустив голову.

— Думаю, я не ошибся. Убийца Легостаев. Факт аналогичного убийства не отрицает факт того, что тогда убил он.

— Тогда есть три варианта, — сказал Фассбиндер. — Первый — это то, что Легостаев перед арестом рассказал условному второму маньяку все детали убийства, и тот всё повторил. Второй — что кто-то, кто был в курсе, сам убил. Я, например. И третье — мистика. Ну, что есть какая-то сила, которая время от времени всех к чёртовой матери убивает по одной схеме, и так будет продолжаться, пока здесь вообще ни одного человека не останется.

Дошли до овощного. Фассбиндер зашёл и через минуту вернулся с коробкой.

— Со стороны выглядит как странность, — сказал он, — зачем мне картонные коробки? Думаешь, для переезда?

— Нет, я не думал об этом.

— Вот именно, куда переезжать? Мне тут нравится. Конечно, немного замкнутое существование, провинция, что усиливается географией, а именно — островным расположением. Но, с другой стороны, есть в этом какой-то уют и защищённость. Слева — Златококша, справа — Златококша. Рыбалка хорошая. Ты рыбачишь?

— Нет.

— Прости, ты же из Москвы. Ты, наверное, за права рыб борешься. А тут хорошо...

Разговора не получалось. Фассбиндер всё время отворачивался, бормотал: «Ни на что не променяю свой родной край, где родился, там и пригодился...» А потом вернулись к машине. Только сейчас Вася заметил, что Фассбиндер был в костюме.

— Анатолий Сергеевич, но ведь и другим девушкам может угрожать опасность. А вдруг... кто-то ещё пропал? Нужно проверить.

— А тебе интересно, почему я в костюме? — спросил Фассбиндер.

— Да, — сказал Вася.

— И в новых туфлях?

— Да.

— Доклад у мэра. По текущему вопросу.

— Значит, уже что-то известно?

— Кое-что.

— Можно с вами?

Фассбиндер посмотрел в стёкла машины, поправил отворот рубашки.

— Эх, годы... Иногда так хорошо себя чувствуешь, что может сложиться обманчивое впечатление, что ты так же хорошо и выглядишь.

— Можно с вами? — повторил Вася.

— Как тебе сказать, — Фассбиндер оторвался от стекла, — возможно, ты встретишь не самый гостеприимный приём.

— Я понимаю, но дело важнее.

— А вообще... Можно так сказать: гостеприимный приём? Тавтология получается!

— Не знаю, наверное, нет.

— Ну и... Дело не только в приёме. Тебе самому не понравится.

Вася сказал, что это неважно, и они поехали. На «больших» улицах в некоторых местах было перекрытие, встречались московские полицейские машины, тут и там стояли репортёры с камерами.

— Нет, — сказал Фассбиндер, — «гостеприимный приём» нельзя сказать. Чёрт, даже не знаю, как можно. Русский язык стал забывать. Знаешь, как по-английски «гостеприимство?» «Хоспиталити» — от слова «госпиталь». Ну то есть там людей принимают с хорошим отношением.

У мэрии было ещё больше московских машин, стояли телевизионные автобусы.

«Как они добрались так быстро? — подумал Вася. — Их из космоса забросили? Неужели через эту „станцию-мост“ и на пароме?»

Вышли, Фассбиндер ещё раз поправил галстук, выпрямился и красиво пошёл к центральному входу. Мэр вышел навстречу, поздоровался. Васе руки не подал, сказал холодно:

— Василий Иванович, я не приглашаю, там не очень будут вам рады. И журналисты съехались... В общем, мы все тут по вашей милости как дураки оказались.

— Мы можем разговаривать по делу? — спросил Вася. — Я не буду реагировать на оскорбления.

— Нам в принципе необязательно разговаривать, — устало сказал мэр, — я мэр, а не ваш начальник.

— Я просто хочу быть в курсе расследования.

— Вы уже нарасследовали. Послали на смерть человека, который...

— Который нам всем Word установил, — сказал Фассбиндер.

— Да, но я не это хотел сказать. Я хотел сказать: человека, вина которого...

— Вина которого, — твёрдо сказал Вася, — была доказана. Всеми уровнями следствия, экспертизы и судом.

Мэр опустил голову, замахал руками.

— А сейчас девушку дух святой убил? Пока человек в тюрьме сидел?.. В общем, делайте, что хотите.

Он пошёл в здание, Фассбиндер обнял Васю:

— Не обращай внимания. Пойдём.

Люди собрались не в кабинете, где год назад чествовали Васю, а в большом помещении для презентаций — как будто на пресс-конференцию, где объявляют победителя на право проведения олимпийских игр. «Убийство произошло день назад, — подумал Вася, — следствие только начинается. Зачем столько народу, что они хотят услышать?»

Мэр сидел среди гостей, опустив голову, и явно не хотел выходить к камерам. Московские журналисты излучали понимание трагедии, хотя, скорее всего, просто не выспались, и в данном конкретном случае их невыспанность удачно походила на соболезнование.

«Зачем я так подумал? Что это вообще: в данном конкретном случае? Бессмысленное повторение слов. Данный и конкретный — это одно и то же. Это как с «юной девушкой». И зачем я обращаю внимание на детали, которые не имеют значения?»

Он обернулся и увидел, что Фассбиндер подошёл к мэру, что-то шепнул ему на ухо. Мэр, сидевший до этого с обречённым видом, вдруг поднял голову, ожил, закивал. Вышел к микрофонам.

— Уважаемые коллеги и гости из Москвы. Вы уже в курсе новой трагедии, которая у нас произошла. Я собирался дать общую информацию, но, думаю, гораздо лучше это сделает наш главный следователь Фассбиндер Анатолий Сергеевич.

Фассбиндер поднялся на сцену. Представился:

— Фассбиндер Анатолий Сергеевич.

«Мэр же только что сказал, что он — Фассбиндер Анатолий Сергеевич. Ладно бы — прошла минута или кто-то что-то в промежутке сказал. А так — секунд через семь или девять — зачем повторять?»

Вася потёр пальцами виски, стараясь запретить голове рождать мысли, которые не имеют значения.

— К сожалению, маньяк продолжил свой кровавый путь, — сказал Фассбиндер.

«Я одиннадцать раз встречал эту фразу в сериалах, на которых работал», — подумал Вася. Он помнил, что одиннадцать. Глупо, конечно, тратить мозг, чтобы такое помнить.

— За прошедшие сутки мы провели расследование и доводим его до вашего сведения.

Журналисты ещё не проснулись. Молчали, ждали.

— Если вы не против, я приоткрою? — сказал Фассбиндер и распахнул окно. Должно было стать громче, но не стало. В городе никто не ходил, не проезжали машины, даже доносившийся обычно из-за леса шум поезда не доносился. Фассбиндер вдохнул свежий воздух.

— Мне помогут: старший лейтенант Николай Бушуев...

Николай привстал, поклонился.

— ...И эксперт, майор полиции Татьяна Григорьевна Лобанова.

Татьяна Григорьевна тоже привстала.

Фассбиндер представил их бодро, с интонацией, с какой представляют музыкантов на рок-концертах. Тем более он сказал: «нашей группы». Показалось, что после этого Николай пройдётся палочками по барабанам, а Татьяна Григорьевна сыграет на бас-гитаре.

Вася ещё раз приказал себе избавиться от посторонних мыслей.

— Немного подышал, — сказал Фассбиндер, — а теперь закрою, так как понадобится затемнение.

Он закрыл окно и шторы.

— На протяжении последних лет маньяк убивал девушек. И даже ловили людей, которые, с точки зрения приезжих следователей, являлись маньяком.

В зале стояла уже другая тишина. Фассбиндера слушали.

«Сейчас он скажет: «Итак, что у нас есть?» — подумал Вася, потому что встречал эту фразу в своих сериалах шестнадцать раз.

— Итак, — сказал Фассбиндер, а «что у нас есть» не сказал, — Найден труп семнадцатилетней Саши Петровой, студентки художественного колледжа, при ней был этюдник и рюкзак с личными вещами. Всё.

На экране появились кадры, снятые Николаем в лесу сразу по прибытии следственной группы. Светило солнце, пели птицы, Саша лежала на земле.

— В рюкзаке, — пояснил Фассбиндер, — два цветных этюда, сделанные Сашей в этот день, виды с вершины холма на лес. К ним ещё вернёмся, но первый вопрос: как она добралась на холм, во сколько произошло убийство? Для этого перенесёмся в другое место.

На экране появились знакомые Васе улицы дачного посёлка.

— Это дом, в котором жила Саша, — сказал Николай, — и мы опрашиваем соседку, Логвинову Анну Валерьевну, две тысячи двадцать пятого года рождения.

Ещё не старая, но убитая заботами женщина отвечала на вопросы, которые Фассбиндер задавал из-за камеры.

— Когда вы вчера видели Александру?

— Утром. Я время не помню.

— Тем не менее мы установили, — сказал Фассбиндер, — что соседка видела Сашу в восемь часов семнадцать минут. Точность объясняется тем, что в семь сорок Логвинова повела сына в школу, в восемь пошла обратно, причём торопилась, так как на плите варилась курица.

— Вспоминайте, Анна Валерьевна, при каких обстоятельствах вы видели Александру? Куда вы шли?

— Я сына вела в школу.

— Отлично! К первому уроку?

— Да.

— Быстро шли, без остановок?

— Да. Просто ногами.

— А пришли задолго до начала урока?

— Прямо к звонку.

— Давайте пройдёмся вместе.

Анна Валерьевна пошла к школе, Фассбиндер — за ней с секундомером.

— Путь занимает двадцать минут, — пояснил он публике, — обратный столько же, там не в горку.

— Это может показаться субъективным, — добавил Николай, — но всё дело в курице.

— Да, — сказала Татьяна Григорьевна, — соседка завела таймер на сорок минут. Возвращаясь, она увидела около своего дома Сашу, сразу зашла в дом, разулась, вымыла руки, и тут же зазвонил таймер. Курица сварилась.

— Мы сняли следственный эксперимент и предлагаем его вашему вниманию, — сказал Николай.

На экране соседка прошла по улице, зашла в дом, разулась, выключила заводной таймер в виде петушка. Николай наехал камерой на аппетитный бульон в кастрюле.

— При этом, — сказал Фассбиндер, — соседка отметила, что Саша пошла не к остановке (следующий автобус всё равно был только через час), а вниз, в сторону пруда. Это последнее, что мы знаем про Сашу. Больше её живой никто не видел.

Он улыбнулся:

— Я на видео буду за неё изображать. Чтобы не пустой воздух снимать.

Пропали бесцветные улицы посёлка, и он появился на вершине холма. Рваными пятнами над его головой плыло небо и опускалось где-то совсем далеко у горизонта в зелёную, темнеющую траву. Фассбиндер сказал:

— В папке убитой найдено два этюда — утренний и вечерний, нарисованные конкретно вот отсюда, где я сейчас стою.

Он показал рисунки, затем камера продемонстрировала пейзаж.

Журналисты и полицейские чины слушали Фассбиндера внимательно.

— Утреннее солнце, — сказал он, — нарисовано, по заключению эксперта, на такой высоте, которая соответствует одиннадцати ноль ноль.

На экране что-то сбилось, замелькало, и снова появился Фассбиндер, тяжело дышащий, забирающийся на холм с рюкзаком и этюдником.

— Как бы она ни добиралась до холма, потребовалось бы примерно тридцать минут, чтобы подняться, разложить этюдник и начать рисовать. А по оценке её педагога…

Снова замелькало, и холм сменился на коридоры художественного училища. Мужчина лет пятидесяти рассматривал Сашины рисунки.

— Сейчас, — послышался голос Николая, — я не смог начало отрезать. Секунд через десять он скажет.

По коридору прошли студенты. Потом мужчина сказал:

— Саша такую работу рисует за одну пару. Грубо говоря, за полтора часа.

— Полтора часа! — повторил Фассбиндер и, подойдя к экрану, перекрыл головой луч. На половину коридора училища легла тень. — Получается, два часа с момента приезда. То есть к холму она приехала не позднее девяти. Теперь вернёмся в посёлок. В восемь семнадцать Саша, попавшись на глаза Анне Валерьевне с курицей, пошла почему-то в обратную от автобуса сторону. Куда — никто не знает, однако в девять была у холма.

Снова на экране возникли улицы посёлка, но уже самые их окраины. Фассбиндер шёл к лесу, смотрел в камеру:

— В той стороне, куда она пошла, — тупик, но тем не менее какими-то адскими конубрями можно выйти к просёлочной дороге.

Он тяжело дышал, шёл, раздвигая ветки и обходя заборы. Его ноги в старых кроссовках наступали на лужи и битое стекло. А живой, неэкранный Фассбиндер, дышал ровно, прохаживаясь от окна к окну, следя за тем, чтобы его слова не совпадали со стуком его новых туфель, чтобы присутствующие могли оценить красоту и того, и другого.

— Дорога через плодово-ягодную станцию идёт в сторону нашего холма, — сказал он, — суммарное расстояние составляет семь с половиной километров, которое она преодолела за сорок минут, с восьми двадцати до девяти. Следовательно, средняя скорость составляла...

— Десять километров в час, — вырвалось у Васи.

— Около двенадцати километров в час! Это не скорость человека, это не скорость автомобиля. Это скорость...

— Велосипеда...

Вася сам не понимал, зачем встрял со своими репликами.

— Знаешь, как по-английски «точняк»? — спросил Фассбиндер. — Exactly! Можно ещё сказать — Right. Но дело не в этом, а в том, что с её тяжёлым рюкзаком и этюдником по мокрой дороге в поле она на велике ехала бы медленнее, чем двенадцать километров в час. Значит, это было что-то вроде мопеда или какой-то хрени с приводом. Но главный вопрос...

— Откуда он взялся? — сказал мэр.

— Right, Олег Геннадьевич! То есть либо она зачем-то сховала на ночь велосипед в кустах, что странно, либо...

— Её кто-то забрал! — сказал мэр.

— Да! Возможно, она решила добраться до холма таким образом, потому что не хотела светиться в автобусе, но у неё к этому не было никакого мотива. А вот у того, кто её подобрал, мотив не светиться мог быть. Давайте вернёмся на холм.

Николай нажал кнопку воспроизведения, Фассбиндер развернулся на каблуке и, завершив поворот, оказался там — среди голубых туч и зелёной травы.

— Саша нарисовала два этюда, — он показал два листа бумаги в камеру, — первый относится к одиннадцати часам утра, а положение солнца на втором — пять вечера. По словам педагога, после первичной фиксации такого светового состояния Саше потребовался бы ещё час дорисовать. Следовательно, этюд был закончен в шесть.

Фассбиндер оказался около мэра и стал говорить красиво, как артист, который озвучивает спектакль для радио.

— Начинало темнеть. Скорее всего, она в это время и ушла. Как ей добираться обратно?

— На автобусе? — подала голос одна из журналисток.

Ей ответил не живой Фассбиндер, а экранный, спускающийся в темнеющем воздухе с холма:

— До остановки спускаться вниз километра три, она бы не стала рисовать до темноты. Но рисовала — значит, понимала, что её заберут.

«Спускаться вниз, — подумал Вася. — Разве можно спускаться вверх? Вниз — лишнее слово».

И уже живой Фассбиндер сказал журналистке:

— Интересно то, что на её телефоне в этот день было несколько сообщений от однокурсников...

Николай запустил на экран сообщения. Многие рефлекторно опустили глаза: неприлично же читать чужую переписку. Но потом поняли, что это для дела, и подняли глаза обратно.

— ...И никакой переписки с тем, кто её привозил-забирал! Значит, она заранее с ним договорилась. Согласитесь, странно: сначала утром ехать на холм по тайным тропам — в сто раз неудобнее, чем можно было бы... А в течение дня никак, вообще никак не списаться с тем, кто её должен забрать. Мы и в городе-то, где нет проблем, всё время связываемся по телефону. А тут — темнота, природа, и — ничего... Это очень похоже на мотив этого «забирающего»: не светиться нигде и никак.

Журналистка встала.

— А почему её должен быть забрать тот же самый человек? Один подбросил, а забрать мог другой.

Фассбиндер ответил, не глядя на неё:

— При осмотре квартиры были найдены все Сашины пленэры, — и посмотрел на Васю. — Знаешь, что такое пленэр?

— Да, — сказал Вася.

— Все знают, что такое пленэр?

Люди закивали.

— Их география была нанесена на карту района — они все находятся в рамках транспортной доступности.

На экране появилась карта с нанесёнными на неё точками, где Саша рисовала этюды. Потом в этих самых точках стал возникать Фассбиндер, сравнивая этюды с реальными пейзажами.

«Как успели столько объездить?» — подумал Вася.

— Мы взяли даты создания работ, — сказал Фассбиндер, — и пробили по базе...

«Конечно, — подумал Вася, — ну конечно... Пробили по базе...»

— ... пробили по базе билеты автобусного парка. Саша всегда ездила на пленэры автобусом. И тут почему-то поехала чёрт знает на чём, чёрт знает как. Точно в годовщину прошлого убийства, точно в место убийства, и её саму убивают.

Другой журналист, мужчина с красивым голосом, поднял руку и спросил:

— Но... Тот, кто собирался забирать... Он ведь просто мог не найти её и уехать?

Фассбиндер подошёл к журналисту.

— Если вы должны вечером среди чистого поля забрать девушку, а её нет, что вы сделаете?

— Позвоню ей, напишу.

— Не было никаких звонков и СМС.

— У человека мог сесть телефон.

Фассбиндер покивал головой, вернулся к сцене.

— Если бы девушка на ночь глядя пропала в поле, что бы стал потом делать забирающий?

Кто-то выкрикнул:

— Искать, обратиться в полицию.

Фассбиндер тихо сказал:

— Так вот, здесь имеет значение не факт, а отсутствие факта. Неважно, кто должен был забрать... Важно то, что никто её потом не искал. Потому что никто, кроме этого велосипедиста на мопеде, и не знал, что она там.

Следующие слова сказал мэр, и тоже тихо. Как будто Фассбиндер руководил не только движением мысли в этом помещении, но и всеми нотами, на которых она звучит.

— Значит, получается... — сказал мэр.

Нельзя сказать, что фраза «значит, получается» могла быть значимой. Но именно после неё все почувствовали, что развязка близка.

На экране Фассбиндер уже шёл по той самой лесной тропе, где были совершены убийства. Исполняя роль Саши, он нёс на плечах рюкзак и этюдник, иногда оборачиваясь на камеру, как могла оборачиваться Саша на человека, который шёл за ней.

— ...Получается, что убийца вывез Сашу порисовать, затем — ждал или отъехал, но в шесть вечера встретил, привёл сюда и совершил убийство.

— Понятно, — сказал мэр.

— Понятно, — сказали все.

Фассбиндер стал ходить вдоль окна, иногда отворачиваясь и бросая фразы через плечо.

— Мы определили круг мужчин, с кем могла близко общаться Саша. У троих есть велосипеды или скутеры.

На экране стали возникать мужчины рядом со своими транспортными средствами.

— Рыбин Алексей Максимович, — прокомментировал Фассбиндер, — руководитель курса в училище, художник. Пятьдесят два года. Вы его уже видели. В прошлом году делал выставку эротических рисунков. Велосипед — старенький Giant.

Видимо, это было снято после того, как Рыбин рассматривал в коридоре Сашины рисунки. Теперь где-то рядом во дворе он показывал свой велосипед. Изображение поменялось,

— Шведов Александр Евгеньевич, — продолжил Фассбиндер, — сорок два года, разнорабочий, отбывший срок за сексуальные преступления. Сосед Саши по посёлку. Мопед «Стриж».

Шведов, раскидав барахло и мусор, выкатил из сарая давно не использовавшийся мопед.

— Васильев Глеб Борисович, двадцать лет. Музыкант, лидер группы «Печень трески». Электровелосипед «Скиф-74».

Вася узнал Рок-звезду. Откинув волосы, тот смотрел в камеру ровно, готовый как минимум к расстрелу.

— С пяти до семи Рыбин находился на занятиях, — сказал Фассбиндер, — Шведов помогал соседям по хозяйству, а Васильев репетировал с группой.

— Помимо этого, — сказала Татьяна Григорьевна, — рисунок протектора ни одного из этих велосипедов не совпадает с нашим.

Николай продемонстрировал на экране отпечатки шин, журналист с красивым голосом спросил:

— Значит, был протектор?

А дальше случилось интересное совпадение. За окном начался дождь, и Фассбиндер заговорил про дождь:

— Лило в этот день с шести до семи, и лило избирательно: от города через холмы в направлении Корзухино. Причём Пещеры, где дачи, сильно намочило, а Корзухино, которое в двух километрах, не задело вообще.

Николай вывел на экран карту района с зонами, где прошёл дождь. А потом все увидели Фассбиндера и Татьяну Григорьевну на просёлочной дороге, изучающих след протектора. Фассбиндер оторвал взгляд от земли и сказал в камеру:

— След велосипеда замечен на поле в направлении дач и на мокром отрезке, и на сухом. Это означает, что велосипедист проехал там уже после шести, иначе след смыло бы дождём.

Он встал, отряхнул руки.

— Получается, примерно в час убийства кто-то появляется у холма, но не забирает Сашу, а едет обратно в направлении дач. Зачем-то через лес и поле!

Живой Фассбиндер стоял у окна и слушал дождь. Потом повернулся к журналисту:

— Вот вы — серьёзный и решительный мужчина. И я — серьёзный и решительный мужчина. Но я бы не поехал в темноте по полю, там реально страшно. Значит, если этот кто-то поехал, то потому что очень не хотел нигде светиться... Или был настолько мотивирован, что не боялся смерти.

Все помолчали, а мэр спросил:

— И что было дальше?

— След обрывается внутри поля. Велосипедист растворился.

Журналисты тихо спросили:

— Значит... Следов нет?

— Вернёмся к убитой. В рюкзаке найдены...

Он говорил, а на экране снова появилась лесная тропа, лежащая в траве Саша и Татьяна Григорьевна, изучающая содержимое рюкзака.

— ...Паспорт, деньги, студенческий, проездной, немного шерсти от свитера, кисти, растворитель, тряпка в краске, носовые платки, газовый баллончик... Это в рюкзаке. А в траве неподалёку найдена порванная цепочка со следами крови.

Татьяна Григорьевна подняла с травы и показала в камеру цепочку.

Фассбиндер снова оказался около мэра и сказал:

— Проверка показала, что кровь не её. И принадлежит женщине. Определяется расширенный круг знакомых женщин...

Николай запустил на экран фотографии из соцсетей.

— После проведения анализов оказывается, что хозяином крови оказывается подруга Саши Софья Архангельская.

«Два раза подряд сказал слово „оказывается"», — подумал Вася.

Крупным планом засветилось лицо Сони. Не появилось, как можно было сказать о других картинках, а именно — засветилось. Может, оттого, что в комнате потемнело от дождя, а может, оттого, что заняло весь экран, и белая кожа Сони, белее белков её же глаз, прозрачная, как вода в разливе Златококши, осветила зал для презентаций.

— Красивая, — сказал Фассбиндер. И вдруг обратился к Васе: — Не помнишь — приходила ко мне в прошлом году, боялась, что маньяк её достанет?

На экране замелькали другие фотографии.

— Смотрим соцсети — на многих фото у неё на шее эта цепочка.

А потом появилось видео задержания Сони, и Вася выдохнул, увидев её живой. Соня вела себя спокойно, кивнула, прошла в машину. Вася знал этот взгляд человека, который ждёт, что за ним придут.

В отделении, смотря то в камеру Николая, то на стоящего у окна Фассбиндера, Соня подтвердила, что иногда ночует у Саши и что цепочку и ещё одно колечко недавно дала ей поносить. Кровь? Да, иногда бывает, носом идёт. Капиллярчики. Пару дней назад, когда ночевала у Саши, тоже пошла. Возможно, автоматически вытерла рукой и что-то запачкала.

Опрошенные друзья подтвердили эту Сонину особенность. Даже показали видео с вечеринки, где она гримасничает, размазывает кровь по лицу, а потом пишет ей на лбу у Саши слово love, и они вместе хохочут.

Кадр снова поменялся. Соню привезли в дачный посёлок. Несколько полицейских машин аккуратно, чтобы не мешать жителям, прижались к заборам, Соню провели во двор. Пёс Туча подошёл, стал лизать ей руки. На остальных посмотрел подозрительно, зарычал, но Соня его успокоила.

Подойдя к крыльцу, достала из-под коврика ключ.

— Откуда вы знаете, где ключ? — спросил Фассбиндер.

— Я позже Саши уходила, оставила.

В прихожей у зеркала действительно обнаружили колечко, а на поверхности — следы крови. Николай крупно наехал на этот натюрморт.

Журналисты и полицейское начальство переглянулись. Мэр спросил:

— Значит, она не виновата?

Фассбиндер ответил:

— Допустим, Соня дала поносить Саше цепочку, а преступник сорвал её в процессе борьбы.

Журналисты и полицейские снова переглянулись, а тот, у которого был красивый голос, сказал:

— Да, такое возможно.

— Невозможно, — Фассбиндер ушёл куда-то в глубину сцены, почти скрылся за экраном. Вернулся. — На шее у Саши не обнаружено никаких режущих следов. Цепочки просто не было на шее.

— И что это значит? — спросил мэр.

— Значит, она была сорвана, но не с неё… А с нападавшего… С нападавшей.

Николай снова запустил видео с места убийства. Фассбиндер теперь изображал Соню. Он обхватил руками пустоту, как воображаемую шею, и душил, делая гримасы, пытаясь изображать мимику убийцы. Повернулся к камере:

— Возможно, у неё и пошла кровь носом, но — здесь, на месте преступления. В процессе борьбы цепочка была сорвана и потерялась, она не смогла её найти.

Второй рукой, изображая Сашу, он добрался до Сониной шеи, сорвал воображаемую цепочку и откинул в сторону. Затем снова вернулся в образ Сони, додушил Сашу, вытер несуществующую кровь под носом и оглянулся.

— Она понимает, что цепочка с её кровью — это улика!

Кинулся в кусты, попытался искать.

— Ищет — не находит! Мозг в такие моменты работает быстро, она придумывает, как подстелить соломку.

За окном прогремел гром, Фассбиндер прибавил голос:

— Она мчится обратно домой к Саше. Но — только что прошёл дождь, и велосипед — это улика. От него нужно избавиться.

Следующие кадры перенесли всех в ночное поле. Фассбиндер склонился над следом от велосипедной шины:

— След от протектора прерывается! Сложно определить, где именно, — там всё мокро и грязно!

Живой Фассбиндер, в зале для презентаций, сказал:

— Но брат Николая отлично разбирается в электронике.

И после этого ночное поле стало видно с летящей камеры.

— С помощью дрона мы исследовали дорогу и определили, что след обрывается здесь, — Фассбиндер показал точку на карте.

Послышались голоса:

— И куда же делся велосипед?

— Там река рядом!

Николай тут же запустил на экран кадры, где водолазы исследуют ночью реку. Фассбиндер сказал:

— Она знала, что в этом месте мелко, топить велосипед бессмысленно. Мы проверили, конечно, но ничего не нашли.

Водолазы вылезли из реки, фары машин осветили их путь, и этот свет, словно перенесясь в зал для презентаций, очертил силуэт Фассбиндера.

— Зато, — сказал он, глядя на Васю, — она не пренебрегала экскурсиями и знала историю родного края.

Никто его не понял.

— Она знала, — сказал Фассбиндер, — что это та самая дорога, по которой в тринадцатом веке отступали монголы. И что в двухстах метрах находится пещера, где их отряд прятался от русской конницы.

«Конница, — подумал Вася, — Может, один раз в жизни слышал это слово. Теперь — второй».

Перед глазами поплыл потолок пещеры. Белый цвет сменялся чёрным, поросшие слепым, никогда не видевшим света мхом участки — участками из камня. Звук шагов следственной группы смешивался со звуком капели, при этом они не пересекались, уступая друг другу секунды поселившийся здесь вечности.

— Мы изучили пещеру, — сказал Фассбиндер, — сначала не нашли ничего, но потом...

Фонари осветили какой-то провал, дыру, и стало видно, как оттуда поднимают на тросе велосипед. Его закачало, ударило о стены провала, десяток летучих мышей сорвался из-под потолка и улетел в темноту. Одна из мышей промелькнула у лица Фассбиндера, но он не обратил на неё внимания, нагнулся и стал помогать тянуть. Вытащили. Улыбнулся:

— Peugeot-CE122. Электрический...

Живой Фассбиндер выдохнул, улыбнулся тому, который был в пещере:

— Она не вела соцсетей, но не раз попадала на фотки других людей. Это её велосипед... И рисунок протектора совпадает.

Пещера сменилась фотографиями Сони с велосипедом и сравнительными фотографиями протекторов.

Фассбиндер добавил:

— Аккумулятор разрядился. Она просто не смогла ехать дальше.

Вася вспомнил их прошлогодний разговор в лесу, когда он занудствовал и сетовал, что электровелик — вещь ненадёжная. «Соня — маньяк? — подумал он. — Она убила всех этих девушек? Но ведь этого не может быть?» И сказал вслух:

— А как же зеркало в Сашином доме? И кровь? Это ведь всё объясняет?

Фассбиндер ответил голосом, не менее красивым, чем у журналиста:

— Мы приближаемся к заветной цели нашего путешествия! Ничего не показалось странным, когда я описывал содержание Сашиной сумки? Иногда важны не факты, а отсутствие фактов! Чего не хватает?

Журналист с красивым голосом, как прилежный ученик, поднял руку и сделал предположение:

— Ключей?

— Верно! — сказал Фассбиндер. — Соня, как вы слышали, сказала, что тем утром уходила позже, потому и оставила ключ под ковриком.

— Возможно, — сказал журналист, — почему нет?

— Потому что… преступник не может всего знать. Ни когда планирует преступление, ни когда пытается замести следы.

— И чего она не знала? — спросил московский полицейский полковник.

— Она не знала, что днём в дом заходил Сашин парень, Глеб Васильев, лидер группы «Печень трески».

На экране снова появился Рок-звезда.

«Он и Саша?» — удивился Вася, но сразу решил, что ревновать можно только живых.

— Приходил забрать гитару, — пояснил Фассбиндер.

А потом и сам Рок-звезда сказал с экрана:

— Я заехал забрать гитару, у нас вечером должен был быть концерт.

— Во сколько заехали?

— Около часа. На перерыве.

— Давайте проедем, покажете, как всё было.

Они оказались на даче. Глеб, который уже знал, что случилось, стоял посреди двора и не мог пошевелиться. Пёс Туча кружил вокруг него, скуля, толкая, задевая хвостом. Раздался голос Фассбиндера:

— Соберись, сынок. Сейчас важно найти преступника.

Глеб поднял заплаканное лицо. Фассбиндер продолжил:

— Как вы попали в дом?

— Я, — начал Глеб и снова заплакал. Татьяна Григорьевна протянула ему стакан воды. — Я взял ключ из-под гнома.

— Какого гнома?

— Показать?

— Покажите.

Он прошёл за угол, там около водосточной трубы, в облупившейся краске и следах от улиток стоял вдавленный в землю садовый гном. Глеб потянул его, вытащил. Потом разгрёб землю, достал жестяную банку из-под леденцов. В ней был ключ.

— Значит, — спросил Фассбиндер, — вы его отсюда взяли и сюда же потом положили?

— Да, — сказал Глеб.

— Хорошо, пойдёмте в дом, покажите, как всё делали.

Глеб открыл входную дверь, прошёл к дивану.

— Вот тут стояла гитара, я её взял и пошёл.

— Больше ничего не делали?

— Вроде нет.

— Вспомните все свои действия. Может, стакан воды выпили, может, шнурок завязали?

— Да вроде нет.

— Саше не звонили?

— Нет... А! Я сфоткался со смешным лицом... Ну вроде как привет передать, что... Что я тут был. Отправил и пошёл.

— Хорошо. А ключ положили обратно?

— Да.

Мэр повернулся к журналистам, потом к Фассбиндеру:

— И что из этого следует?

— Из этого следует, — сказал Фассбиндер, — что никто не оставляет для гостей два ключа в двух потайных местах. Если ключ один, то он оставляется. Если два, один оставят, а второй будет у хозяина.

Московский полковник спросил:

— А сейчас получается, что у Саши не было ни одного, а оставила она два? Соне и своему парню?

— Да, — сказал Фассбиндер, — но так не бывает.

Снова замелькала зелень на лесной тропе. Фассбиндер присел в траву, открыл Сашину сумку, сказал в камеру:

— После убийства Соня забрала из Сашиной сумки ключ, а оказавшись в посёлке...

И вот уже он стоял в прихожей на даче. Стал себя бить по носу наотмашь. То левой, то правой рукой.

— ...А оказавшись в посёлке, вызвала у себя кровотечение и испачкала поверхность у зеркала плюс оставила колечко, тоже в крови: нужно было алиби на случай, если на месте убийства найдут цепочку с её кровью.

Все молчали, как будто всё уже было ясно и ничего не нужно было доказывать.

— А соседи? — спросил Вася.

— Ничего не услышали, было тихо. Соня ведь свой человек. Ты попробуй в этот двор попасть! Николай, покажи, как мы заходили в первый раз!

Николай включил видео. Как только полицейские зашли во двор, Туча кинулся на них с громким лаем.

Фассбиндер встал перед экраном, уже не заботясь о том, что загораживает луч проектора.

— После инсценировки с кровью она вышла и положила ключ под коврик. Вам не странно, что так тупо? Кто так оставляет?

Все закивали, соглашаясь с ним.

— Как будто оставляла не Саше, а нам, для своего алиби. Просто...

— Просто она не знала о существовании второго ключа, — закончил за него журналист с красивым голосом.

— Именно. Затем она при нас достала ключ и разыграла этот спектакль. Следовательно, убийца...

— Нет! — Вася встал. — Это как-то... «Почти». Часто бывает так, что всё очень сходится, но чего-то не хватает.

На Васю смотрели, ждали, что он скажет. Он был известный человек. Но ему нечего было сказать. Просто хотелось, чтобы ещё десять секунд, ещё секунду не прозвучали слова, после которых ничего нельзя будет исправить.

Фассбиндер был спокоен, как спокоен боксёр, пославший соперника в нокдаун. Он знает, что сейчас тот поднимется и нужно будет сделать один последний удар.

— Знаешь, как по-английски «готово»? — Сказал он. — Done! В тринадцать тридцать Глеб Васильев, лидер группы «Печень трески» послал Саше фотку из её дома. Смотрим.

Николай запустил фотографию на экран.

— Увеличиваем. Ни крови на зеркале, ни кольца.

— Значит, — сказал мэр, — Соня врала, что оставила их там утром? И что кровь потекла утром?

— Да, — кивнул Фассбиндер, — ну и... Вишенка на вишенке... Сам ключ, который Соня оставила, с её слов, под ковриком утром.

— Что — ключ? — уже совсем тихо спросил Вася.

— На брелке обнаружены следы растворителя для краски, который был в Сашином рюкзаке. Растворитель — новый, пластмассовое колечко от бутылки найдено на месте, где Саша рисовала. Мусорить, конечно, плохо, но в данном конкретном случае это нам помогло.

«В данном конкретном...»

— Следовательно, — сказал Николай, — растворитель там и был открыт, и капли на ключи могли попасть только внутри Сашиного рюкзака, в последние минуты её жизни, когда она спускалась вниз с холма.

«Спускалась вниз», — подумал Вася.

— Следовательно, — сказала Татьяна Григорьевна, — Соня оставила под ковриком, а потом достала из-под него тот самый ключ, который был взят из рюкзака после убийства.

Фассбиндер распахнул окно и, казалось, темнота должна была уйти. Но ничего не изменилось. Тучи со стороны Златококши пришли одна черней другой, света и темноты в мире оказалось примерно одинаково внутри и снаружи. Фассбиндер вдохнул воздух, слетевший с чёрных туч.

— Следовательно, — сказал он, — убийца — Архангельская Софья Ивановна, проживающая по Кольцова, шестьдесят четыре, квартира семь.

* * *

«Последнее убийство в Ярске!»

«Ошибка молодого следователя позволила произойти новой трагедии!»

«Опытный следователь вычислил маньяка!»

Жена Фассбиндера выключила телевизор, тепло посмотрела на Васю.

— Вы не представляете, как я рада. Вы тогда слишком быстро уехали.

Стол отличался от прошлогоднего. На пахнущей утюгом скатерти стояли две бутылки дорогого вина, красивые бокалы и посудина с устрицами. Фассбиндер и жена умело открывали их, запрокидывали головы и проглатывали. Вася сидел почти неподвижно, ковырял ножом устрицу, но она не открывалась.

«Откуда у них устрицы?» — подумал Вася. А вслух сказал:

— Да.

Это было «да» не по какому-то конкретному поводу, а так, вообще — чтобы не сидеть молча.

Жена сказала:

— Вы не должны переживать. Знаете, как говорят: у каждого хирурга есть своё кладбище. Так и у следователей: свои ошибки и своё…

— А так говорят? — спросил Фассбиндер — Не слышал!

— Да, такое выражение. В том смысле, что есть профессии, где кто-то обязательно умрёт, даже если ты ста другим спасёшь жизнь.

125

— В самую точку! — сказал Фассбиндер. — У спасателей, наверное, тоже: кучу народа спас, а если кто утонет — ты как будто плохой спасатель.

— Но это не так, — сказала жена.

— Конечно, не так, — повторил на той же ноте Фассбиндер.

Он налил Васе из второй бутылки во второй бокал, потому что первый Вася не допил и подливать туда было бы нелогично.

— У тебя не должно быть никаких сомнений по профессиональной части! Я не думаю, что к тебе вообще будут у начальства вопросы.

Жена подложила Васе сыра на тарелку.

— Жалко эту девочку-художницу, — сказала она, — но с другой стороны — невиновный человек не пострадал. Этот Легостаев. В каком-то смысле она его спасла.

Фассбиндер проглотил очередную устрицу, игриво толкнул Васю локтем:

— Представляешь, если бы убийство произошло после смертной казни? А так — хоть один человек погиб вместо двух... Извиняюсь, чёрный юмор... В целом — трагедия, конечно...

Вася наконец выпил вина. Жене это понравилось, как будто он согласился со всем, что она до этого говорила. Она сказала:

— Вообще, конечно, удивительно, что убийцей была юная девушка.

«Юная девушка».

Жена прикоснулась к запястью Фассбиндера. Он прижал её руку к щеке, сказал:

— Естественно! Когда убийца не только не похож на убийцу, но внешне обладает признаками жертвы, мозг вообще в эту сторону не думает.

— Поэтому ты и гений, — сказала жена.

— В маленьком городе вообще сложно, потому что всех знаешь. Вместо анализа фактов начинаешь перебирать людей — кто мог это сделать.

Они держались за руки, находясь в состоянии торжественной нежности, подводя итог усилиям и надеждам той жизни, которую Вася не знал. Было неудобно присутствовать при такой близости, но с другой стороны — именно Вася им был нужен как зритель, без него они бы сейчас так не сияли. Фассбиндер сказал:

— Это всё Васина школа! Вот он приехал тогда, молодой-зелёный, я его думал профессии учить, а он сам нас всех научил... И точно ведь всё вычислил! Просто она, видишь, какая хитрая была...

— Но почему? — спросила жена. — Не понимаю... Она же не сексуальный маньяк. Может, её никто не любил?

— Ой, не начинай! — Фассбиндер встал и включил музыку. — Нам важно, что мы поймали убийцу, а мотивы могут быть любые, вплоть до никаких... Знаешь, как «убийца» по-английски?

— Killer?

— Murderer.

— Толя английский каждый день учит, — гордо сказала жена и добавила: — А давайте потанцуем? Такой день важный!

И потянула Васю из-за стола. Фассбиндер одобрил:

— Точно, Вася, давай. А то мы как-то полукультурно сидим, нужно в полной мере!

Стали танцевать. Жена крутила головой, улыбалась им обоим, музыка казалась бесконечной. Обычно во время танцев понятно, когда песня закончится — не через минуту, так через две. А тут играло и играло, вроде как плейлист для медленных танцев. Половину времени Вася видел стену с семейными фотографиями и арку, ведущую в прихожую, а вторую половину — окно и недавно отремонтированную дорогу в центр.

Фассбиндер стал водить пальцем по ободку бокала. Когда у Васи перед глазами была арка, свист раздавался слабый, а когда окно — сильнее. Фассбиндер спросил:

— А чего ты не спрашиваешь, откуда устрицы? Неинтересно?

Вася молчал.

— Как ты вот с ходу решаешь, что важно, а что нет?

Вася предположил:

— Купили в магазине?

Фассбиндер ответил с досадой:

— Ну да... Правильно... Тут элементарно было...

Жена улыбнулась:

— У нас один раз привезли замороженные, хорошие, из Владивостока, и Толя купил на особый случай.

Фассбиндер перестал свистеть и подлил в бокал вина:

— Предполагалось, что на рождение внука. Но особый случай наступил быстрее... И кстати, я за тебя радовался, когда ты своего маньяка поймал!

Вася остановился.

— Анатолий Сергеевич, я просто... Выпал немножко... Я, конечно, вас очень поздравляю.

— Всё к лучшему, — улыбнулся Фассбиндер, — и Легостаева зря не угробили, и настоящего маньяка нашли.

Жена потянула Васю к столу, вручила бокал:

— Васенька, у вас ещё будут в Москве маньяки, а у нас... Толя своего всю жизнь ждал.

Фассбиндер рассмеялся:

— Теперь у тебя чёрный юмор получается!

Они выпили, а потом жена сказала:

— Я пойду пока подключусь, — и ушла в соседнюю комнату.

Это был удачный момент, чтобы поговорить.

— Анатолий Сергеевич...

Но Фассбиндер не дал продолжить.

— А знаешь, по какому поводу за рубежом на Рождество чаще всего вызывают скорую?

— Нет, — сказал Вася, — не знаю.

— Намекаю — связано с устрицами.

Вася подумал.

— Отравление?

— Это первое и самое очевидное, но — нет! — Фассбиндер снова обрадовался. — Думай: берётся логикой!

Вася развёл руками.

— Сдаёшься?

Вася кивнул.

— Они ранятся, когда ножами вскрывают устриц. Интересно, да?

Вася снова кивнул, как будто ему было интересно. Посмотрел Фассбиндеру в глаза:

— Я хотел поговорить.

Но тот снова изменил тему:

— Слушай, не ходи в общежитие. Извини, что сразу не предложил. Останешься у нас?

— С удовольствием, — Вася допил бокал, — я... думаю про обвиняемую.

Фассбиндер серьёзно сказал:

— Пойдём на воздух... Кать, мы сейчас — туда и обратно.

Они вышли на крыльцо. Мимо проехали дети на велосипедах, и Вася не хотел говорить, пока они едут. Потом сказал:

— Завтра приедут из Москвы её забирать. И тогда не будет уже шансов... Может, мы как-то ещё проверим?

Фассбиндер стал строгим, как будто не был Васе другом. Заговорил как полицейский:

— Ты не доверяешь результатам экспертизы?

Понятно, что нельзя было не доверять Татьяне Григорьевне.

— Доверяю, — сказал Вася.

— Тогда — что? Или у тебя к подозреваемой человеческое сочувствие? Типа — ангелок и всё такое?

— Конечно, нет, — поспешил ответить Вася, — какое тут может быть сочувствие?

— Как раз может! — Фассбиндер завёлся. — Следователь с преступником психологически находятся в связке. Но ты успокойся. Я её нашёл, я собрал доказательства, я доведу всё до приговора.

— Но это же...

Фассбиндер радостно хлопнул Васю по плечу.

— Это сто процентов — Гуманное Прощание!

Можно было ещё что-то сказать, но тут жена закричала из дальней комнаты:

— Толя!

Фассбиндер сказал, уходя:

— Я же всё понимаю... Ты не думай, я напишу, что ты участвовал.

Вася схватил его за рукав.

— Анатолий Сергеевич!

Фассбиндер холодно на него посмотрел, Вася убрал руку.

— Я понимаю, ты тогда в кабинете её на две секунды увидел, и всё — поплыл. Ангелок такой. А такие ангелки...

— Ангелочки, — вырвалось у Васи, и он понял, что поправил Фассбиндера вслух.

— Ангелочки! Они... Понимаешь, они существуют сами по себе. И ни родители, никто никак их не может ни от чего ни оградить, ни защитить. У тебя дочери нет, ты просто не понимаешь, о чём речь! Им всё пофигу! Она растёт, ты думаешь — ой, растёт, класс, а потом в какой-то момент просто приходит и говорит: «Я люблю Васю-наркомана и выйду за него замуж». И хрен ты с ней что сделаешь. Ну, Васю — условно, не в имени дело. И здесь всегда так будет, ничего не изменится! Единственное, что ты можешь постараться сделать, — это вырвать её из этой реальности, услать подальше, в хорошие условия!

Знаешь, как по-английски «побег»? Escape! Так что тут логики мало, тут жизнь нужно прожить, люди должны быть интересны.

— Мне интересны, — сказал Вася.

— Да ничего тебе не интересно! — сорвался Фассбиндер. — Устрицы откуда — неинтересно, почему я Фассбиндер — неинтересно! Ты за весь год не спросил!

— Да нет же, — попробовал оправдаться Вася, — я просто не мог… В такой ситуации, когда та девушка… Саша эта… Когда человек умер, думать об устрицах.

— Год такой, — сказал Фассбиндер, — в этом году только ленивый не умер. Что теперь — устрицы не есть?

Снова закричала жена:

— Ребята, идите!

Уходя, Фассбиндер обнял Васю:

— Всё, не ссоримся. Идём.

Вася задержался, глядя на улицу и исчезающих в самом её конце детей на велосипедах. А когда вошёл, увидел Фассбиндера с женой, сидящих за столом, на котором вместо вина и устриц теперь стоял ноутбук. С экрана улыбалась молодая пара примерно Васиного возраста. За их спинами в распахнутом окне блестело озеро. Только солнце там не садилось, а поднималось. Там было утро.

— Hello! — хором сказали Фассбиндеры.

— Hi there! — ответил парень. — Is the sound ok?

Фассбиндер не разобрал сказанного.

— Пап, — сказала девушка из компьютера, — Джеймс спрашивает, нормально слышно?

Фассбиндер заволновался, стал подбирать слова:

— Yes! I can… hear you good.

— Well, — поправила жена.

— Well, — согласился Фассбиндер.

Парень решил говорить медленно и простыми словами:

— You look good! We've just seen the news — it's amazing! You are a star! I don't know... You are just like Sherlock Holmes! I am incredibly proud that Olya has a father like you!

На глазах у Фассбиндера появились слёзы.

— Thank you, — прошептал он, — this is... my very first success for all my... lifetime. And what is the weather in the Chicago now?

Он прошипел «Щщ-и-и-каго» длинно и старательно, вложив в это всё своё усердие. Английский давался ему нелегко.

— Просто Chicago, — поправила девушка, — Chicago, пап, without "the".

— Sorry, my mistake, — Фассбиндер вытер слёзы, — Chicago!

— So, how are you? — заулыбался парень. — Are you ok after it all? Feeling good?

— Absolutely, one hundred percent good! — теперь уже и Фассбиндер улыбался. И повернулся к жене. — Не будет тупо рассказать, что я бегаю по утрам?

Жена взяла его за руку.

— Today morning I even... — начал Фассбиндер и остановился, как будто не был уверен в каком-то из слов.

— Run-ran-run, — громко сказала дочка.

— I ran 10 circles around the school stadion!

Дочка снова поправила:

— Stadium.

Вася так и не сделал шага внутрь комнаты. Понял, что сейчас не лучший момент. Спустился во двор и пошёл, рассматривая кровь на руках: видимо, всё-таки порезался устрицей.

Он брёл, зализывал рану, а потом понял, что пошёл не туда. Вместо дороги к центру оказался за старыми деревянными тротуарами, на пустырях, где уже не было города.

Соня была где-то рядом, через какой-нибудь километр или, например, километр четыреста пятьдесят два метра, ещё живая, и если бы не стены и обстоятельства, можно было оказаться рядом и поговорить. Когда наступила темнота, он подошёл к следственному изолятору и ходил какое-то время по другой стороне улицы. Он знал, что в камере нет окна, понимал, что ничего не сможет изменить, но что он мог делать ещё, кроме того, чтобы быть ближе, пока можно было быть ближе?

Потом он хотел уснуть, подгонял ночь, ему казалось, что утром можно будет ещё раз поговорить и ещё раз объяснить. Но это всё было маловероятно, а вот то, что Соню увезут в Москву, как год назад увезли Легостаева, — это было известно наверняка. Поэтому Васина душа не знала, подгонять ночь или останавливать, он то ложился, то вставал.

Утром он пришёл в отделение, Фассбиндер сидел у окна и курил. Обычно яркий, эмоциональный, становящийся главным героем любого пространства, где оказывался, сейчас он был спокойным и почти неотделимым от комнаты, от предметов внутри неё и природы за окном. Иногда стряхивал пепел в блюдце. Иногда забывал, тогда пепел падал на подоконник, и его тут же сдувало ветром. На письменном столе стояла пара картонных коробок.

— Почему вы их собираете? — спросил Вася.

Фассбиндер сказал, не поворачиваясь:

— Значит, что-то тебе интересно.

— Да, — сказал Вася.

— А какие у тебя варианты?

— Для дома? Вещи складывать?

— Нет.

— Для пикника? На растопку?

— Давай последний вариант.

Вася сказал:

— У меня нет последнего варианта.

Фассбиндер закурил новую сигарету.

— Иногда важно мыслить иррационально. Знаешь, что такое «иррационально»?

— Да, — сказал Вася — это значит «не рационально».

— Верно. Иногда важно анализировать не факты, а самого человека. Потому что... Факты с любым из нас случились эти, а могли случиться те. И сформировали определённые обстоятельства. А делаем мы часто что-то, исходя не из обстоятельств, а просто — из себя... Можно так сказать: «исходя из себя?»

— Наверное, — сказал Вася, — почему бы и нет.

Фассбиндер, наконец, повернулся.

— Ну вот...

И начал объяснять, почему собирает коробки. Вася слушал и даже понимал, но как будто не участвовал в этом понимании, а видел, как из Москвы уже едет группа забирать Соню. Вот — чёрный микроавтобус грузится на паром, вот — пересекает реку, и прозрачные воды Златококши не тормозят, а подгоняют его; не топят, поднявшись в великанский рост, а приподнимают и несут, как на руках. Потом автобус в сопровождении других машин мчится мимо холмов, мимо гор — полиция остановит движение, так что они проедут быстро. Заезжают в город. Наглухо, как чумная повозка, закрытый, автобус проезжает огороды у заброшенного кирпичного завода, улицы Трудолюбия и Достоевского, школу художественной гимнастики и оба сквера: маленький и с фонтаном. Потом он выезжает на «большие» улицы, и тут уже остаётся минута до отделения полиции. Ещё есть минута, чтобы прервать рассказ Фассбиндера, кинуться к нему, убедить в чём-то. Но мы взрослые люди, мы знаем, что чудес не бывает. Мы знаем, что если за кем-то выехала чумная повозка, то тут уже ничего не поделаешь, и лучше просто несколько раз повторить про себя, что тут ничего не поделаешь. Вот так. И ещё раз: «Тут ничего не поделаешь». И ещё: «Тут ничего не поделаешь». А потом — им просто повернуть на маленькую дорожку, и через тридцать секунд они здесь. Так здорово смотреть из окна на пустые ворота, видеть, что туда никто не въезжает и представлять, что стоит обычное утро.

Фассбиндер закончил свой рассказ:

— Вот так, Вася.

Пять, четыре, три, два, один.

Во двор въехали три наглухо закрытых внедорожника и чёрный микроавтобус. Московские, как и год назад, были высокие, красивые, ничем не пахли. Пожали руку Фассбиндеру, Васе холодно кивнули. Подписали бумаги. Потом главный достал небольшую бутылку водки и стерильно запечатанные рюмки.

— Давайте за общее дело, — сказал он.

— Я водку не пью, — сказал Фассбиндер.

Но главный настоял:

— У нас инструкция. На местах пить с сотрудниками, чтобы всё было по-человечески. Это не обсуждается. Вы выпейте немного.

Фассбиндер выдохнул и выпил.

— Хорошо, — сказал главный, — удивительная у вас природа.

Как и год назад, из чёрного микроавтобуса выехала будка-робот, доехала по коридорам до камеры, надела наручники Соне на руки, мешок на голову и, опоясав обручем, затянула в себя металлическим тросом.

Глава шестая. Ещё через год

Звание у Васи не отобрали, новую квартиру тоже. Окна в квартире были современные, от потолка до пола, и сначала осень с зимой пронеслись в них, как мгновенье, а потом долго тянулись весна и лето. Впрочем, неверно говорить «от потолка до пола», скорее, «от пола до потолка», ведь человеческое сознание имеет вектор: откуда-то и куда-то.

С телевидения больше не звонили, да и вообще больше никто не звонил, кроме мамы и друзей Пети и Оли, к которым он заходил пару раз, чтобы посмотреть на мир из других окон.

Сначала грядущий год казался большим и верилось, что можно что-то изменить. Но Вася знал, что ничего изменить нельзя, а потом и от года ничего не осталось. Месяц превратился в неделю, а затем в последние два дня Сониной жизни.

Вася не знал, подавал ли кто-то заявку на Гуманное Прощание, и сам несколько раз брал трубку, чтобы записаться, но потом не звонил, как будто чувствовал, что пока не время, что это может чему-то помешать.

Он стоял посреди квартиры, думая куда-то сходить, потому что пока идёшь, кажется, что есть надежда. Но, посмотрев на свои руки и ноги, он решил, что совершенно неважно — передвигать тело в пространстве или нет. Включил телевизор. Начиналось вечернее шоу, которое вёл тот самый старый Ведущий.

— Добрый вечер, — сказал Ведущий, — прошёл ровно год с момента, когда в далёком таёжном Ярске был пойман маньяк, не дававший покоя...

Запах лучшего в мире мыла, шерсти и хлопка пробрался через экран. Захотелось прикоснуться к рубашке Ведущего, погладить его галстук и щёку, не определяя границы между текстильными материалами и телом. Он давно уже перестал быть человеком и стал совершенным существом, живущим между небом и землёй, в телевизоре.

— ...Не дававший покоя местным жителям.

Иногда Вася любил засыпать под звук дождя из интернета, ещё его успокаивал шум волн и хорошая музыка. Но ничто не могло сравниться с тембром голоса Ведущего. Он произнёс только несколько слов, а мир вокруг стал теплее, комфортнее, спинка стула превратилась в мягкое кресло, воздух приправился сладкими специями, не хотелось больше думать — хотелось только слушать и во всём с ним соглашаться.

— Через день, — сказал Ведущий, — состоится казнь преступника. Мы поговорим и о ней, и о новом сериале, выход которого приурочен к этому событию. У нас в гостях создатели...

Камера показала гостей студии. Там сидели режиссёр, с которым работал Вася, и актёр, игравший матёрого капитана.

— Давайте поможем зрителям, расскажем в двух словах, о чём сериал!

Режиссёр сложил две ладошки, взволнованно ими покачал, коснулся губ и носа:

— Это своего рода исследование об отсутствии любви. Все убийства совершаются маньяком, оттого что его никто не любил в детстве, ну и он потом тоже. Люди не любят друг друга.

— Очень интересно, — сказал Ведущий, — но я правильно понимаю, что независимо от анализа личности преступника в данном конкретном случае вы его осуждаете?

— Я старался разобраться... — начал режиссёр.

«Нельзя сказать „в данном конкретном"», — подумал Вася.

— Так или иначе, преступника ждёт наказание? — настойчиво спросил Ведущий.

— Да... — начал режиссёр.

— Кстати говоря, — спросил Ведущий актёра, — а кто ваш герой?

«Дурацкая фраза — „кстати говоря", „кстати" — абсолютно достаточно».

Актёр приосанился:

— Мой герой — следователь, и он...

«Через день в это же время её не будет в живых, — подумал Вася, — Стрелка часов будет на том же месте, птица так же сядет на ветку, но она будет... Как лучше сказать... Мёртвой?.. Трупом? Звучит так себе... Потом пройдёт много лет, она не станет старой, даже взрослой, а он, Вася, станет. Как Ведущий, который с Васиного детства сидел в телевизоре — уже тогда старый, совершенный и благоухающий. И сотни тысяч, миллионы людей с тех пор умерли, погибли, остались навсегда в своём времени, а он не то что не умер, а даже не изменился. Итак... Сделать ничего нельзя. Может быть, записаться на Гуманное Прощание? А о чём мы будем говорить?»

Вася вспомнил, как разговаривали люди во время Гуманных Прощаний. Ничего о жизни, смерти, любви друг к другу — только какая-то чушь на отвлечённые темы.

— ...Мой герой — следователь. Он пытается понять психологию маньяка, чтобы найти его.

— Очень интересно! — Ведущий покачал головой. — Значит, не просто ищет улики, а психологически подходит?

— Да, — ответил актёр.

— Очень интересно! И важный вопрос вам обоим. Скоро предстоит казнь настоящего преступника, наводившего ужас на людей в далёком таёжном Ярске...

«Он прочитал название в шпаргалке, — подумал Вася, — и там ему написали: Далёкий Таёжный Ярск. Как будто это название города. Это звучит глупо. Но ему всё равно, он может говорить любой бред, всё будет принято зрителями, как слова пастыря в церкви».

— ...Абсолютной неизбежности возмездия и абсолютной необходимости смертной казни. Ведь, если её не будет, не останется никаких сдерживающих инструментов. И мне кажется, ваш сериал именно об этом. То есть — о победе добра. Я прав?

— Я... — начал режиссёр.

— Да, конечно, не будем выдавать сюжет раньше времени. Просто мне было важно понять, что мы мыслим одинаково. Итак, давайте посмотрим первые серии захватывающего сериала «Последнее адажио», но перед этим я хотел бы поделиться вот чем...

Он отвернулся от гостей и посмотрел в другую камеру:

— Иногда приходится слышать голоса о том, что суровость со стороны государства — это негуманно, излишне, и если действовать более мягко, то зло исчезнет само по себе. Так сказать, из-за оказанного доверия. Знаете, что я отвечу на это? Не исчезнет! Вы уж мне поверьте! Я вчера перечитывал в оригинале моего любимого писателя Альбера Камю, и вот что он пишет в конце романа «Чума»: «...микроб чумы никогда не умирает, никогда не исчезает, он может десятилетиями *спать где-нибудь в завитушках мебели или в стопке белья, он терпеливо ждёт своего часа в спальне, в подвале, в чемодане, в носовых платках и в бумагах, и, возможно, придёт на горе и в поучение людям такой день, когда чума пробудит крыс и пошлёт их околевать на улицы счастливого города».*

Начался сериал, пятьдесят минут первой серии, которые на пятьдесят минут приближали смерть Сони. Вася сам не понял, как оказался на улице и пошёл вдоль реки. Квартиру ему дали в хорошем районе: и река была, и парки всякие. Но он ушёл дальше, где красоты заканчивались, миновал лодочную станцию и мост за ней. «Станция», «Мост» — вспомнились слова как будто из прошлой жизни, когда он в первый раз переправлялся через Златококшу.

Над головой прогремел состав. Едва отделимые от темноты бомжи устраивались на ночлег на месте заброшенной стоянки. Потом он уткнулся в забор, идти вдоль реки было уже нельзя. «Категорически запрещено нарушать...» — было написано на заборе, но что именно — прочесть не получалось, краска стёрлась. Вася ничего нарушать не собирался — он был законопослушный гражданин, да и вообще — сотрудник органов, следователь. Теперь уже, наверное, бывший: несмотря на то, что у него ничего не отобрали, к делам целый год не привлекали, отправили в бессрочный отпуск. По сути — забыли. И выглядел он теперь не лучше бомжей: оброс, ходил в чём-то старом. А сейчас могло даже казаться, что пьяный: его шатало от недельной бессонницы.

Наверное, уже имело смысл записаться на Гуманное Прощание. Он возьмёт Соню за руку. У них будет немного времени, чтобы выпить чая. То есть… Как это себе представить? Они посидят, а потом он выйдет из комнаты и даст её убить? Или будет валяться на полу, хватать за ноги тех, кто войдёт со шприцем, и умолять «что-нибудь придумать»? Да и как он запишется? Он же следователь, прославившийся на всю страну, а потом упавший мордой в грязь, выгнанный отовсюду и забытый — именно в связи с этим делом. Получится, он сочувствует убийце? Но имеет ли это значение по сравнению с последними минутами её жизни?

Стоп. Какое, к чёрту, прощание? Надо что-то сделать. Соня сейчас сидит в камере — живая, тёплая, с жилками, проступающими на сгибах рук, с ресницами и бровями, резкими, как на большом телевизоре или как травинки на пологом берегу Златококши. Нет никакой причины, чтобы это всё становилось мёртвым. Но сделать было ничего нельзя.

Или можно? Как говорил Васин начальник: «Нет ничего невозможного, если это не противоречит законам физики». Но это он, наверное, имел в виду в целом, на земном шаре. Не у нас же.

Еле отделимый от темноты бомж отделился от темноты и подошёл к Васе. Это был невысокого роста старик.

— Ночевать ищешь? — спросил он.

— Что? — не понял Вася.

— Если негде, иди к нам, а то тут гоняют.

Вася понял, что его приняли за своего.

— Да, — сказал Вася.

Они пошли под мост.

— Но смотри, — сказал бомж, — нужно внести. Водка не бесплатная. Есть денег немного?

— Есть.

За опорами моста сидели несколько мужчин и женщин. Поздоровались. Вася дал денег, ему налили.

— Спи, — сказал бомж, — куртка чистая, не заразишься. В стоимость входит шухер. Вот Вася-молодой — он днём спал, предупредит, если что.

Васин тёзка кивнул и ушёл куда-то следить. Вася подумал: «Почему он мне сказал про него: „молодой”? Я же тоже молодой. Или нет?» Он устроился на куртке и не знал, что делать дальше, потому что не планировал тут ночевать. Но встать и уйти было уже неудобно. Сел, стал дышать в ладони. Потом подумал: «Зачем я дышу в ладони? Наверное, в фильмах видел, как бомжи, когда у костра греются, так делают. Но это ведь зимой, когда холодно, а сейчас лето. Сейчас они поймут, что я не бомж».

— Спи, — сказал старик.

Вася кивнул.

— Или проблемы какие-то?

«Наверное, бомжи очень мудрые, — подумал Вася, — они ведь живут в дискомфортных условиях и мыслят простыми человеческими категориями».

— Сколько вам лет? — спросил он.

— Плохо выгляжу? — спросил в ответ старик.

— Нет, просто видно, что человек опытный.

Взять и рассказать всё? Терять уже нечего. Вдруг старик что-то такое скажет, что подскажет выход?

— Ты что, сериалов насмотрелся? Решил под мостом встретить мудрого бомжа?

— Иногда, — начал Вася, — важно, чтобы человек, который прожил жизнь, поделился опытом…

— Нет, — сказал старик, — это всё самообман. У нас с тобой одинаковый жизненный опыт.

— Как? — не понял Вася. — Сколько мне лет — и сколько вам!

— Мы с тобой оба один раз родились и оба ещё ни разу не умирали. Это и есть главный опыт, и он у нас одинаковый. А всё остальное — типа сколько лет прожил — полная фигня.

Вася снова лёг.

«Я сейчас усну под воздействием водки и потеряю время. Нужно идти что-то делать».

Вдруг он подумал о том, что обстоятельства сильнее человека, и можно не тормозить время, а подгонять его. Уснуть — и пройдёт несколько часов. Занять себя какой-то ерундой — и ещё несколько. Потом ещё раз уснуть, а потом окажется, что Соню уже казнили, и это станет просто фактом, который нужно принять. Пусть это произойдёт быстрее.

Он вскочил, ужаснувшись, что мог обдумывать такое пусть даже две секунды. Пошёл в сторону дома.

Когда проходил отрезок берега, лежащий вдоль панельных кварталов, было темно. Большинство окон погасло, все нормальные люди спали. Ближе к его модному кварталу света из окон было больше, там река блестела жёлтыми и красными огнями. Заходить домой не хотелось: уже не будет сил никуда пойти. Он просто ляжет на пол и заорёт, а скорее всего — даже не заорёт, и с криком внутри пролежит на полу несколько часов, приближающих Сонину смерть.

Он подошёл к детской площадке, где на качелях, уткнувшись взглядом в землю, сидел какой-то подросток. Сел поодаль, тоже стал смотреть не слишком высоко.

— Василий!

Вася всмотрелся в темноту, вернее — в луч света, отделявший его от темноты. Пройдя сквозь свет, подросток оказался рядом. Это был юный блогер Лёня.

— Здравствуйте.

— Привет, Лёня. Как ты тут оказался?

— Приехал.

— Да, но до Ярска пять тысяч километров, а ты несовершеннолетний. Как ты добрался?

— Это была серьёзная проблема, но техническая, — сказал Лёня, — а значит — решаемая. Я по делу.

— Говори, — по-взрослому уверенно сказал Вася, хотя сейчас ему казалось, что он самое беспомощное существо на свете, которое родилось вчера, ни разу не умирало и не знает, как жить.

— Меня на Гуманное Прощание не пустят, но, если вы пойдёте, передайте привет.

— Хорошо, — сказал Вася.

Зачем он так сказал? Ведь он не собирался идти. Но если признаться в этом, получится, что он совсем сволочь, чёрствый человек: даже проститься перед смертью не хочет.

— И ты ради этих слов ехал пять тысяч километров? Мог бы написать сообщение.

— У меня нет вашего телефона.

— Достать номер — техническая проблема, а значит — решаемая.

— Подловили на моём же аргументе, — сказал Лёня, — видно, что следователь. Но дело не в этом. Есть ещё предмет, который я хотел передать.

Он достал небольшую тетрадь.

— Это Сонин дневник. Никто не знал, что он у меня. Она попросила спрятать незадолго до…

Вася взял тетрадь. Лёня добавил:

— Вдруг вы всё же пойдёте. Вдруг это важно?

Он развернулся и ушёл в сторону ещё шумящей большой улицы.

Вася остался стоять под фонарём, не зная, что сделать сначала: открыть дневник или посмотреть на часы. Казалось, что если на часах будет меньше полуночи, то надежда остаётся.

Он открыл дневник, начал читать, стараясь делать это медленно. Оказалось, что читать медленно очень сложно: глаз моментально схватывал строчки, абзацы, перепрыгивал дальше. Вася возвращал взгляд назад и читал по слогам, фокусируясь на каком-то одном слове. Слова, наконец, замедлили ход, и Вася почувствовал Сонин голос, вспомнил её интонации, которые боялся вспоминать весь этот год.

Он не мог поговорить с ней, не мог спросить, зачем она убила Сашу, и теперь ждал от дневника ответа на этот вопрос. Ещё он надеялся, что там не будет ничего про него, ведь если будет, то придётся жить с этим до старости. Ведь он проживёт до старости?

Когда дневник закончился, он машинально посмотрел на часы. Там было: ноль часов одна минута. Этот день начался. Теперь нужно было дождаться момента, когда Сони не станет, чтобы разрыдаться, напиться, принять катастрофу, но — уже только принять. Не ожидать её и ничего от себя не требовать.

А пока — ни на секунду не останавливаться ни в одном из процессов, связанных с движением: ходьбе, мысли, даже взгляде, поскольку человеческий взгляд имеет вектор: откуда-то и куда-то. Вася пошёл в сторону большой улицы, смотря то на один объект, то на другой, выстраивая вектора: длинные и короткие, прямые и изломанные.

Метро ещё ходило, он поехал в центр. В вагоне сидели девушки, и он стал смотреть на их шеи, думая о Сониной, о том, что меньше чем через сутки шприц войдёт в неё. «Умертвят» — вспомнилось когда-то сказанное ею слово. Пока в голове крутилось «убьют» и «казнят», он ещё мог справляться с новой чернотой ночи, пришедшей после нуля часов, но «умертвят» повисло, как меч над головой, заперло тромбом путь к сердцу.

Он вышел и ещё какое-то время брёл без цели, а потом понял, что оказался недалеко от Пети и Оли. Позвонил, попросил разрешения зайти.

Дверь открыла Оля и сразу спросила:

— Что случилось? Ты как труп ходячий.

Петя увлёк его в комнату, обнял:

— Хочешь, выпьем, а потом — спать?

Выпили. Вася молчал, иногда кивал. Потом рассказал всё про Соню, про то, что сегодня её «умертвят». Вот так: два года никому о ней не говорил, а теперь взял и всё выложил. Очень просто, в несколько предложений.

Прошёл час.

— Вот что, — сказала Оля, — давайте я вас покормлю. Нельзя так сидеть.

Сели на кухне, Оля разогрела суп. Вася вспомнил семью Приговорённого на Гуманном Прощании, они тоже тогда перед тем, как кататься по полу и хватать за ноги, ели суп. И тоже у окна. Почему окна заперты?

— М-м-м! Удивительно! — сказал Вася, съев первую ложку. — Сочетание сметаны и оливкового масла — я первый раз с таким встречаюсь... Обычно ведь добавляют либо то, либо другое...

— Либо сливочное, — сказала Оля.

«Умертвят». Вася съел ещё ложку.

— Ну да, но сливочное — оно со сметаной хоть и лишнее, но как-то ожидаемо... А с оливковым — очень вкусно.

Оля старалась говорить без пауз.

— Я, честно говоря, случайно один раз плюхнула, а потом как-то пошло...

Пауза всё-таки повисла, и Петя сказал:

— Пошло-поехало.

В принципе, есть суп было хорошо тем, что, если не было слов, можно было занимать секунды и доли секунд непосредственно едой.

— С одной стороны, — сказал Вася, — всё вместе хорошо сочетается, а с другой — каждый отдельный ингредиент чувствуется, нет такой каши из продуктов.

— Конечно, — подхватил Петя, — это как в музыке у звукорежиссёров: и общий микс важен, и чтобы каждый инструмент отдельно звучал.

— Это вообще — отдельное искусство, — согласился Вася.

Ели медленно, потому что суп по определению конечен, а что делать после, никто не знал.

— Соли нормально? — спросила Оля.

— Да, абсолютно, — ответил Вася, — очень вкусно... А что здесь, в принципе?

Оля выдохнула: про рецепт можно было говорить долго.

— Здесь... Можно по-разному... Я варю фасоль, чуть позже кидаю морковку, корень сельдерея и картошку.

— М-м! — восхитился Вася. — Здорово! А сколько чего?

— Да я даже не знаю — чисто интуитивно, чтобы водой накрыло, чтобы на суп было похоже.

— Ок, — сказал Вася.

Он взял из стаканчика на подоконнике наточенный карандаш, завертел, считая количество граней. Потом стал колоть себя в ладонь, оставляя под кожей графитовые точки. Видимо, у него дрожал большой палец левой руки, потому что Оля взяла палец в ладонь, остановила.

— Потом параллельно обжариваю лук и туда же на финальной стадии — чеснок. Вон, мне Петька давит на чеснокодавилке.

Петя сказал:

— Это давилка меня как инженера по образованию бесит.

— А что такое? — спросил Вася.

— Ну понимаешь, — Петя замахал руками, — чтобы одну дольку выдавить, нужно приложить огромное усилие. То есть там плечо рычага очень маленькое, надо как-то вот так привстать, изловчиться, чтобы приложение силы было нормальным. Я не понимаю, кто их разрабатывал!

— Ок, — сказал Вася.

А Петя добавил:

— В результате я её усовершенствовал.

— А покажи, кстати, — сказала Оля.

Петя не двинулся с места, и она повторила с той же интонацией:

— А покажи, кстати.

— Показать? — спросил Петя.

Это было странно, потому что Оля два раза ему сказала: «А покажи, кстати».

— Показать? — спросил Петя, но уже у Васи, как бы прося разрешения выйти и не быть здесь хотя бы несколько секунд.

— Конечно! — сказал Вася. — Покажи!

Петя ушёл, и они остались сидеть с Олей, глядя в разные стороны. Оля снова сжала его палец: значит, он всё-таки дрожал. Петя вернулся и показал усовершенствованную чеснокодавилку. Вася оживился:

— О, класс. Молодец, Петь, — и стал вертеть её в руках.

— Хочешь попробовать?

— Конечно!

— Я сейчас схожу, — сказала Оля и быстро вышла в коридор.

Теперь они сидели вместе с Петей. Оставалась только пара ложек супа. Вернулась Оля с головкой чеснока:

— Ты ешь, я тебе почищу, — и стала аккуратно чистить головку. — Вот, держи одну пока. Дави в блюдечко.

Вася взял устройство и выдавил дольку.

— Супер! — сказал он Пете. — Архимед! Очень легко и удобно!

— Да! — сказал Петя. — Я пока эту хрень не придумал, вообще тёр на тёрке. Смотри, что от пальцев осталось!

И поднял руки над столом!

— Ха-ха! — сказал Вася, — На маникюр ходить не надо!

Раньше, когда Вася читал книжки, его удивляло, если в прямой речи было написано «ха-ха». Люди же так не говорят, они же просто смеются. Но тут он поймал себя на том, что сказал «ха-ха». И Оля с Петей наверняка это заметили.

Петя не опускал рук. Ещё можно было что-то выжать из этой темы. Он сказал:

— Как я теперь буду на гитаре играть?

— А ты левой три, — пошутил Вася.

Петя опустил руки. И когда тишина пришла со всех сторон: из прихожей, от плиты, от холодных ночных стёкол, он сказал:

— Рычаг вообще задолго до Архимеда использовался.

— Например, Стоунхендж! — кивнул Вася.

— Да, — согласился Петя, — даже не пирамиды, а тупо — Стоунхендж! Там что угодно могло быть: и система лебёдок, и рычагов, и конная сила.

— Ну слонов там у них не было, — заметил Вася.

— Слонов не было, и рабов, думаю, тоже, но в целом этот додруидский период был более развитым, чем мы думаем.

Вася почувствовал, что ему не хватает воздуха. Открыл рот, но просто от того, что открываешь рот, воздуха не прибавляется. Нужно как-то работать лёгкими, поднимать и опускать плечи. А этого делать не получалось. Он подумал, что у него сейчас что-то вроде паралича, и Оля с Петей это видят. И хорошего в этом мало. Ничего хорошего в этом нет. Он собрался с силами и произнёс:

— Есть же теория о том, что наша цивилизация не первая на планете, что всё было очень развито, а потом исчезло. Все поубивали друг друга.

Голос Пети донёсся издали, как будто с другого конца огромного тоннеля:

— Это вряд ли, потому что остались бы свидетельства: строения и прочее. Сейчас это даже сквозь землю можно просканировать.

Потом донёсся голос Оли:

— А под водой?

Воздуха по-прежнему не хватало.

— Тоже можно! Сейчас геофизики очень много исследуют. Самый большой запас углеводородов на Земле находится под дном океана. И его хватит на нереальное количество лет.

— То есть опять всё в ущерб экологии?

Они сидели напротив, слившись в одно светлое пятно. Тарелку с супом Оля уже убрала, и их отделяло от Васи только блюдечко с чесноком и остро наточенный карандаш. Петя сказал:

— Исчерпаемость ресурса — это философский вопрос. Это не так, что ты всё вычерпала, и он закончился. Ты как бы вкладываешь в другой виток ресурса, который просто пока не сформулирован.

Наступила темнота, а потом он услышал крик Оли:

— Держи его, ты же видишь!

Вася тут же собрался и, как ему показалось, спокойно сказал:

— Прошу прощения.

Он понял, что падает куда-то, слёзы хлынули в горло. И это, конечно, выглядело очень неприлично. Потом опять всё пропало, и он понял, что его тащат по прихожей.

— Давай его в ванную! — скомандовала Оля.

Петя был растерян, Оля сказала ему:

— Жди в прихожей. И найди моё успокоительное.

— Где я его найду?

Дверь захлопнулась. Вася дрожал, снова пытался дышать, Оля раздела его, включила душ.

— Тихо, тихо, дыши, пожалуйста.

Затолкала в ванну. Горячая вода чуть помогла, он смог сказать:

— Оля!

— Да, да! Ты не выдержишь молча, плачь. Открой рот и попробуй.

Он попробовал. Но открыть рот — недостаточно для того, чтобы заплакать. Оля тоже залезла под душ, стала трясти:

— Давай, плачь. Тебе надо сейчас.

Вася наконец прокричал:

— Понимаешь... Она сейчас ещё жива...

Оля прижалась к нему.

— Ты ничего не можешь сделать... Это не твоя вина.

— Она... — прохрипел Вася.

— Я понимаю, — Оля говорила спокойно, — ты её любишь... Ну нет выхода! Ну нет!

Дала ему пощёчину, и ничего хорошего из этого не вышло. Наверное, она в фильмах видела, как это приводит человека в чувство, но в жизни — ни фига. Просто больно. Оля, извиняясь, поцеловала его, стала шептать:

— Нет выхода. Нет выхода.

Было очень важно, что это сказала она. Потому что когда говоришь это себе сам, сразу соглашаешься, у тебя нет оппонента. Но сейчас — возникло чувство протеста, теперь Оля стала носителем смирения, а он мог с ним бороться.

Вася вышел из ванны, оделся. Почему нет выхода? Он же только что прочитал Сонин дневник, там было ясно написано, что делать, если хочешь спасти любимого человека. Поблагодарил Петю с Олей за всё, от успокоительных отказался.

Ни метро, ни автобусы уже не ходили, он поехал на самокате, оставил его у светящегося в черноте супермаркета и дальше пошёл пешком. На подходе к мосту замедлил шаг, под самим мостом — ещё замедлил. Он знал, что темнота — это не темнота, а люди, и колыхание темноты — их дыхание и неторопливое движение. Поднял руку, чтобы заметили. Как из-под земли вырос его тёзка Вася.

— Это я, — сказал Вася, — вернулся. Отходил ненадолго.

Бомж Вася кивнул и пригласил подняться.

— Отходил ненадолго, — повторил Вася уже старику и нескольким полусонным людям.

— Понятно, — сказал старик, — ложись досыпай.

— А вы что не спите?

— Сериал смотрим, вторая серия заканчивается.

— Про что сериал?

— Про маньяков, разве другие бывают?

Одна из женщин держала в руках телефон с тусклым экраном. Вася бросил на него взгляд, лёг, завернулся в куртку. Донёсся голос актёра: «Скрыться у него не получится, сейчас пробьём по базе».

— Этот кто? — спросил Вася, засыпая. — Хороший или плохой?

— Хороший, — сказала женщина, — следователь. — А плохой — другой, мерзотный такой. Но его поймают.

— Ясно, — сказал Вася и заснул.

Глава седьмая. Дневник Сони

Сегодня в первый раз после детства проснулась от ночного кошмара. Как будто я в каком-то замкнутом пространстве и не могу выйти, типа — гроб. Наверное, кричала, потому что проснулась оттого, что он меня обнимал. Даже... Как сказать... Не обнимал, а сдерживал.

Я от ужаса махала конечностями, кричала: «Беги! Мы умираем!» — а он мягко, как коконом, своими руками меня опутал и стал шептать: «Нет, это сон. Ты уже проснулась».

Потом спросил — что это было? Я ему сказала, что чувство такое, как будто его нет, пропал. Говорю: «Как будто я тебя никогда не увижу, и типа во сне знала, что ты умер». У меня даже кровь из носа пошла.

Он мне: «А где это было?» Я: «На водохранилище». Имеется в виду наше водохранилище, которое сделали на Златококше в пятидесятые годы. Не в наши пятидесятые, а сто лет назад, в двадцатом веке. И он мне такой: «Тогда вообще не переживай, сегодня сходим туда». И утром, соответственно, пошли.

Встали на берегу, он такой: «Сейчас всё поправим, и ты больше не будешь страдать своими кошмарами. Становись». Я встала, стою. Он отошёл и говорит: «Смотри на меня». И молчит, главное.

Потом говорит: «Я есть?»

Я такая: «Есть».

Он такой: «Запомни, как я выгляжу, как одет. Штаны, рубашка, шнурки. Сейчас я отойду, и станет пусто — как после того, когда я умру. Готова?» Я заплакала. Говорю: «Ты умрёшь?»

Он мне: «Да. Совсем не умирать — опции нет».

И ушёл мне за спину, чтобы я его не видела. И говорит: «Видишь, всё абсолютно то же самое, только меня нет». Я обернулась, потому что — что за дела? А он мою голову повернул обратно: «Смотри, не отвлекайся. Итак, я умру...» Ну ни фига себе успокаивает!

Я опять: «Ты умрёшь?» И он опять: «Да. Я умру, скорее всего, раньше тебя, потому что я сильно старше. И меня не будет. И ты будешь переживать, глядя на опустевшее пространство». Потом вернулся, встал передо мной и говорит: «Метод заключается в том, чтобы, пока я жив, стоя на этом месте, сказать тебе: «Не переживай!» Всё, мы это место зафиксировали. Теперь на водохранилище ты уже не будешь переживать из-за моей смерти, потому что я, стоя именно здесь, лично, вот этими губами разрешил тебе».

Я мысль поняла. Спросила: «А если в другом месте?» Он поцеловал, обнял, хорошо стало. И говорит такой: «Правильный вопрос. Это нужно проделать во всех уголках земли. На каждом континенте, в каждом городе, на каждой улице. И — порядок! Где бы ты потом ни оказалась, я тебе лично разрешу не грустить после моей смерти... Вот смотри: отхожу, меня нет. Ты грустишь. Теперь захожу, говорю: «Соня, когда я умру, а ты будешь гулять вдоль воды, не грусти. Мне вообще — норм». Я его спрашиваю: «А как мы это сделаем во всех точках мира?»

Он сразу не ответил, поехали к нему домой. Это был день, когда я могла остаться. Я стала готовить суп, а он говорит: «Можно пока пройтись не по местам, а по ситуациям. Ты же можешь грустить, например, когда будешь чистить картошку или зашивать носок». Я говорю: «Я ещё могу грустить и летом, и зимой. В вопросах грусти присутствует сезонность». Он согласился: «Да, значит, будет нужно всё это сделать и зимой, и летом. Если судьба даст нам один полный год — всё замечательно успеем».

Он для меня — огромный авторитет. Как сказать... Мужчина жизни, ну или Бог. Но всё равно: мужики витают в облаках, их иногда нужно приземлять, как говорит Саша. Я ему: «На это вся жизнь уйдёт. Мы так ничего не будем делать, только прощаться». Но он на то и Бог, и мужчина жизни, чтобы меня переспорить. Сказал: «А так прям — тебе есть чего в течение жизни делать! Ты реально считаешь, что все остальные занятия — более полезные, чем прощаться перед наступлением вечности? Пошли, не теряй время!»

И дальше мы целый год прощались.

Кроме Саши, никто не знает, что мы встречаемся. Она, как узнала, осуждать не стала, отнеслась философски. Сказала: «Ну встречайся, пока встречается». То есть никакой критики не было относительно разницы в возрасте. Саша вообще — философ в плане жизни. Говорит: «Через тысячу лет для потомков мы все будем одного возраста. На этом фоне ваша разница сейчас — вообще курам на смех». Или, например, выдала, когда мы с Тучей гуляли по лесу и он кидался на белок: «Человек вообще редко что чувствует. Поэтому тупо, если повезло чувствовать, себя тормозить». Туча тогда носился, как дурак, но белок не догнал. По простой причине: попробуй догони белку.

Про белку не смешно получилось, а когда записывала, казалось, что смешно.

Хотя все эти красивые фразы у Саши, мне кажется, не свои, а от Глеба, с которым она стала встречаться с сентября. Тоже сидела так, грустила пол-лета, а потом выдала: «Хреновенько. Надо влюбиться на осень». Странно прозвучало: как будто любовь — это что-то сезонное, чтобы согреться и пойти дальше своей индивидуальной тропой. Вроде как куртка на осень или стакан глинтвейна на Новый год. Ну, по сути, наверное, она права. Все мы эгоисты. Надеюсь, я — нет. И, короче, все эти умные фразы — точно от Глеба. Он разговаривает как будто строчками из своих песен. Пару раз (чисто девушку соблазнить) это прокатит, но если всё время — бесит. Я была у них на концерте «Печени трески» — на мой взгляд, вторично. Хотя есть пара красивых мелодий. В общем, мне кажется, он претенциозный, я с ним пять минут не могу рядом находиться. За Сашей ещё ухаживал Олег из «Семейства куньих» и Дима из «Полбуханки» — они, мне кажется, более по человеческим качествам нормальные. Но — ок, Глеб так Глеб.

Мы прощаемся уже несколько месяцев, почти каждый день. Главное — не пропустить типичные жизненные ситуации, в которых ты потом можешь оказаться один после смерти возлюбленного. Собственно, это — все ситуации в жизни. Начали, как и договаривались, с носков и картошки. Встали, глядя друг другу в глаза, и хором выдали: «Когда я умру, а ты будешь чистить картошку, не грусти. Смотри на мир без меня спокойно. Мне вообще — норм!» То же самое — с носками. Главное в конце сказать: «Мне вообще норм».

Эта фраза откуда взялась? Мы просто иногда её в жизни говорим, потому что идеально совпадаем во всём. Один что-то сделает, спросит — как это другому, а тот ему: «Мне вообще норм». Я вообще не понимаю, как люди могут спорить или ссориться. Просто головой не понимаю, как это — ссориться? Для чего? В каком смысле? What does it mean? Ssoritysya? Родители никогда не ссорились. Саша меня понимает. Она моя лучшая подруга.

Тогда в первый раз встали и прооркали друг другу в лицо: «Когда я умру, а ты будешь чинить носки, не грусти. Мне вообще — норм!» Честно говоря, кто сейчас штопает? Просто новые берут, и всё. Ну это мы на всякий случай. Мало ли какая в стране ситуация с носками сложится.

Странно, почему я не прохожу все эти ситуации с Сашей? Получается, если она умрёт, мне не будет так же грустно, как если умрёт он? «Этот твой Легостаев», как она его называет. Сегодня я думала над этим.

Возвращаясь к этой мысли: тогда получается, вообще со всеми нужно прощаться? Но это же невозможно. Это даже больше, чем невозможно, — это тупо. Ведь если ты в любом случае со всеми, с кем живёшь в одно время, разлучишься из-за твоей или его смерти, тогда и не нужно специально играть в прощание, тогда просто жизнь сама по определению — процесс прощания?

У «Семейства куньих» в песне есть такая строчка: «В день Великого поста выбей в тире сто из ста. Стырь ружьё — и на погост. Это твой Великий пост». Не знаю — к чему это. Чисто ассоциация.

Сегодня варили макароны. Естественно (это у нас уже на автомате), встали друг напротив друга, начали: «Когда я умру, а ты будешь готовить макароны, не грусти...» Потом я говорю: «Слушай, продуктов очень много, мы так не успеем. Давай унифицируем». Дальше пошло совсем веселье. Составили список, стали по бумажке читать: «Когда я умру, а ты будешь готовить макароны, рис, гречку, курицу, торт, борщ...» Ну и так далее. Полчаса читали.

Пили чай, и было, разумеется: «Когда я умру, а ты будешь пить чай...» Вообще странно, ведь всё началось с моего страха о нём, и он даже сам сказал: «Я старше, умру раньше». А прощаемся мы теперь оба, как будто я могу умереть первой. Это логично — всякое бывает, но я пока не думала о своей смерти... Но страшноватенько, конечно. «Совсем не умирать — опции нет».

Нацепили брезентовые штаны, резиновые сапоги и прочую фигню, чтобы клещей не подцепить. Пошли грибы собирать. Я вообще не фанатка, это какое-то пенсионерское занятие, но это он предложил, а я не хочу про него думать, что он как пенсионер, — вот и отменила в голове эту мысль. Ходили, палками тыкали по листьям, я вспомнила, что, когда родители были живы, тоже ходили по лесу, помню запах дыма. В общем — сложные чувства… В конце концов, когда выйду на пенсию — мне же захочется в лес по грибы? Буду бродить, тыкать палкой, а его рядом не будет. Так что — сходили не зря. Покричали нашу кричалку.

Неделю не виделись, я уезжала по учёбе. Вернулась, он мне электровелик подарил. Купил где-то, починил, всё работает. Это вообще — что? Это же прямо — вещь! Большая, из железа! Стало неудобно. Поездили — просто восторг. Единственное, дороги у нас не очень. По большим улицам ещё ничего, а когда в сторону моего дома едешь, уже сомнительное удовольствие. Ну и куда же без: «Когда я умру, а ты будешь ездить на велике… Мне вообще — норм». Саша упала от удивления, когда увидела… В принципе, там шины толстые, хорошо едет по лесу.

Велик был ко дню рождения. Поставили торт со свечами. Странно, вот так живёшь себе и понимаешь, что ты ещё хоть и не взрослый, но всё равно — не вчера родился. А начинаешь считать свечки… Ну как-то мало их, особенно если торт большой. Прямо физически осознаёшь по этим одиноким столбикам: мало тебе лет. «Когда я умру, а ты будешь есть торт (пряник, печенье, шоколадную колбасу), не переживай. Мне вообще — норм».

У меня в огороде копались, он помог. Хорошо, когда мужчина помогает, а не просто про вечность разговаривает. «Когда я умру, а ты будешь копаться в огороде...»

Дождь красиво стекал по стёклам. Полгорода залило. «Когда я умру, а ты будешь ехать в автобусе (трамвае, поезде)».

Это было сумасшествие с нашей стороны, но пошли вместе на вечеринку и танцевали. Там было много человек, никто ни на кого особо не смотрел, но мои друзья, ясно, обратили внимание. Что-то есть в том, чтобы не скрываться. «Когда ты будешь танцевать... Мне вообще — норм...» Потом всю ночь думала... Если он умрёт, а я буду гулять вдоль воды, пить чай или ездить на велике — это понятно, это — ок. Это же я одна буду делать. А танцевать... Получается, я с кем-то другим буду танцевать? Как будто он уже сейчас меня кому-то отдаёт. Если эту логику продолжать, можно вообще чёрт знает до чего додуматься. Это уже не к жизни и общей грусти относится, а к отношениям.

Утешала Сашу.

Поехали в пещеры на электровелике. Офигенное ощущение, когда он ведёт, а ты сзади руками обнимаешь. Летом он не хотел так ездить, комплексовал, что я его пузо буду чувствовать. Не вслух, конечно, но я же не дура. А осенью, когда в куртке, пузо не прощупывается, и он охотно согласился. Землю подморозило, отлично было ехать. Естественно, у нас фонарь был и всё, что нужно для пещеры. Полезли. Он стал целовать и всё остальное. Я говорю: «Может, не здесь? Тут не сильно комфортненько». Он мне: «Зато страшно». Посмеялись, в общем. А потом увидели впадину такую, метра три диаметром, камень туда бросили — вообще ничего не слышно, как будто впадина шла до центра земли. Он мне: «Знаешь эту историю про монголов?» Я ему: «В общих чертах. В школе что-то говорили». И он рассказал мне следующее.

На дворе стоял век тринадцатый или что-то вроде тринадцатого. До Куликовской битвы было ещё далеко, иго цвело пышным цветом. Монголы гнали к себе в Орду кучу русского народа. И всё вот это пространство — от практически Ледовитого океана до степей, вся тайга и горы вдоль Златококши — они к России никак не относились, никакой Ермак ещё Сибирь не покорил. Тут жили местные народы, да ещё не постоянно, а кочевали и сменяли друг друга.

Но несмотря на супер-иго, на абсолютное превосходство монголов в силе, случилось вот что. Когда они сожгли один из русских городов и взяли кучу народа в рабство, они в числе прочих пленили красивую девушку, невесту одного князя. Тот подумал: «Не устраивает!» — и вообще ни разу от этого факта не возрадовался. Собрал войско и пошёл их преследовать. Зима наступила раньше, чем планировалось, и монголы зазимовали на правом берегу, где Златококша делает крюк, где сейчас водохранилище.

Князь шёл по их следам и в какой-то момент оказался совсем близко. Прикол в том, что сам поступок такой был за гранью безумия. Дело ведь в чём? Монголы сковали страхом мозг каждого русского человека. Как-то сопротивляться было невозможно, и даже не потому, что сил не хватало, а просто потому, что уже несколько поколений выросло в страхе. Власть Орды казалась вечной. Ну то есть как мозг ни стирай, ни полощи, ни выкручивай — даже теоретически нельзя было представить, что что-то Орду может сдвинуть.

А они же ещё очень жестокие были! Моментально рубили головы по любому поводу. Это тоже было серьёзным сдерживающим фактором. Просто слова нельзя было сказать. Любой мог донести — и дальше никто не разбирался, сразу отрубали. Вот и жили так, стоя на коленях, опустив глаза, чтобы не дай бог не встретиться взглядом с монголом. Казалось, что так будет тысячу лет. И тут этот князь просто плюёт на всё, собирает войско и преследует их — просто потому что там его девушка. Ему было просто пофиг на страх, такой был — типа панка.

Отряд князя значительно уступал отряду монголов, но когда до тех докатились слухи, что за ними по пятам идёт русская конница, стали прятаться и удирать. Потому что не только в мозгу русских была зашита невозможность сопротивления, но у монголов тоже. Они не допускали такой мысли. И когда столкнулись с фактом, что кто-то неведомый их догоняет, сразу испугались. Все эти оккупационные режимы рушатся в один момент, стоит по носу щёлкнуть.

И вот их главный, не знаю, как его правильно называть — допустим, предводитель, — он решил, что сейчас главное не эту партию рабов в Орду доставить (хоть это и были большие деньги), а не допустить прецедента бесстрашия, вернуть страх в русские земли. Они скрылись в этой пещере, собрали пленников и приказали им разбиться по парам по принципу кто кого любит. Типа — с самым любимым человеком. Видимо, это было представлено так, что пары в рабстве не будут разлучать. Не знаю. В общем — манипуляция. А потом началось.

Монголы стали приказывать каждому человеку сталкивать в эту яму, которая до центра земли, кого-то из другой пары, если он не хочет, чтобы столкнули его любимого. Деваться некуда, люди стали это делать. Убивать других ради своих любимых. А потом, когда народу стало в два раза меньше, им приказали объединиться в новые пары по тому же принципу. В общем — такая лотерея. Ты до последнего веришь, что спасёшь своего любимого, и убиваешь какого-то человека, но это ничего не решает.

Крики падающих людей были слышны бесконечно долго и отдавались эхом в пещере. Летучие мыши, не понимая сути происходящего, но нутром чувствуя ужас смерти, разлетались, бились об острые стены и тоже замертво падали в яму. В конце девушка князя, оставшись одна и, разумеется, сойдя с ума и поседев, сама прыгнула в эту пропасть. Видимо, не посчитала возможным жить, когда все её сородичи погибли. Монголы оставили в живых только детей, чтобы те вернулись и всё рассказали плюс — несли в себе генетический страх и ужас. И предводитель сказал: «Теперь вы, русские, всегда будете убивать друг друга от большой любви, пока не убьёте последнего. Это никогда не прекратится, и никто не узнает, когда это началось». Потом монголы скрылись, причём не наружу вышли, а ушли вглубь пещеры и пропали навсегда в её недрах.

Князь приехал, и дети ему всё рассказали. Все русские воины были в шоке, там ведь погибли и их любимые — не у одного князя была девушка. Князь понял замысел монголов и приказал убить всех детей, чтобы они, вернувшись на родину, не рассказали людям про случившееся и весь этот генетический страх и ужас не распространяли. Убили детей, поехали обратно. Войско вернулось в среднюю полосу России не в самом лучшем настроении, но даже убийство детей по факту ничего не дало, потому что часть выживших мышей полетела за войском и передала на каком-то ультразвуковом уровне всю информацию местным летучим собратьям, другим животным, воздуху, рекам, травам и деревьям.

Люди пили воду из рек, дышали воздухом, пили молоко коров, питавшихся этими травами, и в них на века вошёл страх и ужас. Там ещё было какое-то заклятие, которое может снять это проклятие, но его знали дети, а их, соответственно, убили. Последняя надежда найти, расшифровать это всё — современные технологии, потому что можно записать звук на огромной глубине внутри этой ямы. Она настолько глубокая, что звук там не исчезает окончательно, он циркулирует веками, отражаясь от стен. И каким-то образом можно записать и расшифровать то, что кричали падающие седые дети.

Утешала Сашу.

Проболела три дня. Даже хорошо стало. Не нужно было самоподгоняться, требовать от себя чего-то. Когда ты здоровый, если просто сидишь и ничего не делаешь, начинаешь упрекать себя, что неправильно используешь своё lifetime. А тут — как будто тебе Бог выдал справку, ты её сам себе предъявил — и порядок.

Мы вот о чём не подумали... Мы прощаемся, акцентируя внимание на тех деталях, которые знаем оба. А ведь, если он умрёт, а я буду жить и состарюсь, то получается... Блин, сложно сформулировать... Щас скажу... Произойдёт куча вещей, которые он уже знать не будет. Например, через год после его смерти начнётся новая война, изобретут вечный двигатель, чума выкосит половину народа на земле, динозавры воскреснут. И я это буду знать, а он — нет. И будет странно, что человек, знавший всё об этом мире, этих вещей не узнает. Я не хочу знать того, чего не будет знать он. Блин, вообще не устраивает!

Вообще, с отношениями сложно. Потому что каждый человек — загадка. Даже не так. Каждый человек — непонятно кто. Включая себя самого. Я тоже — непонятно кто. Пока живёшь в привычной обстановке, себя толком не знаешь, а как случится что-нибудь, так совсем другое дело. Должно очень много времени пройти, чтобы человек себя проявил. Это как если смотреть от водохранилища на гору: деревья стоят летом все зелёные, вообще не разберёшь, какое лиственное, какое хвойное. А потом с конца августа начинается. Одни краснеют, другие желтеют, третьи остаются зелёными, даже лиственные. Я молчу уже про ёлки. Вся гора покрывается цветными пятнами. Тогда и становится понятно — кто какое дерево. Но для этого должна наступить осень. Я подумала об этом, когда мы всем курсом от училища в Корзухино ездили на пикник... И потом, когда после концерта «Печени трески» бесились у Глеба дома. Вроде мы друзья, учимся вместе — все дела. А пройдёт вот так лет двадцать или тридцать, и будем как эти пятна на горе.

Саша меня утешала.

Выпал снег.

Тупо писать, что выпал снег. Тут же никаких моих мыслей нет, просто констатация факта.

Саша сдала свои этюды, получила зачёт, мы пошли потусить немного. Человек десять собрались с её курса. Хорошо, что были художники, а не музыканты: хоть в тишине посидели. Был, конечно, Глеб, но ему сразу дали понять, что, кроме песен под гитару, во Вселенной существуют другие формы жизни. Стали говорить про все эти убийства — меня, если честно, затрясло. Ну действительно, жили себе жили, к нам все эти художественные гимнастки ездили и куча людей на чемпионаты. А потом началось... Мы остались в своём городе, как на острове, к нам никто не ездит, смотрят, как на чумных. Если кто-то выезжает в другие города, от него отсаживаются, как будто он — этот самый убийца. Ну спасибо! Нам тут самим страшно, убить могут каждую секунду, и вдобавок такое отношение!

А разговор начался с того, что художники стали жаловаться, что заработка теперь нет: раньше их всегда мэрия нанимала разрисовывать гимнастками заборы и здания, а теперь — фигушки. Уже везде всё ободранное, и так год за годом красота гимнасток ухудшается. Лёня-мелкий, блогер наш, тоже был, ему, наверное, интересно со старшими.

И, короче, Глеб заревновал, видимо, что нет к нему внимания, и стал умничать, что это проклятие над нашим городом, что это всех убивает Чёрное Пианино. И стал рассказывать свою версию истории. Мы-то все в курсе, но несколько ребят из района: они могли не знать.

Там смысл в том, что в начале двадцатого века был в Ярске такой купец, Семибратов, и он для своих дочерей заказал пианино. Плюс выписал из Питера выпускника консерватории, чтобы он его настраивал и учил дочерей играть. И вот чёрным-чёрным днём через чёрную-чёрную гору приехал в Ярск этот из консерватории с чёрным-чёрным пианино. Звали его студент Корзухин. Стал он дочерей учить, и они в него, естественно, влюбились. И не в силах решить, кому счастье достанется, обе самоубились.

Семибратов с горя прогнал студента, а пианино подарил местной музыкальной школе, которую сам же и учредил. Но началась революция, и этот студент Корзухин вернулся уже в чёрной-чёрной кожаной куртке и арестовал Семибратова, взял в заложники, чтобы выманить из леса вооружённое сопротивление, тех, кто был против советской власти. Те не выманились, и он расстрелял купца. А потом эти из леса стали убивать коммунистов, а те — тех. В общем, смерть пришла в наш край: гражданская война и так далее. И когда почти народу никого не осталось, вдруг ударила молния и подожгла музыкальную школу, где, соответственно, стояло пианино.

Студент кинулся его спасать, но безуспешно, плюс — сам сгорел.

И вдруг всё прекратилось. Гражданская война закончилась, началась более-менее мирная жизнь. А дело было в том, что всех убивала красивая музыка, которую пианино играло. И чем больше было смертей, тем красивее была музыка. Типа пианино смертями питалось, а музыку выдавало. И так по кругу. Но эта музыка не исчезает бесследно. У нас горы расположены таким образом, что звук внутри них бесконечно отражается от чёрных-чёрных камней и возвращается обратно раз в сто лет. И как пианино заиграет — опять трындец начнётся.

«Ну и что? — спросили Глеба ребята. — Сказка для детей».

«Ну да, — сказал Глеб, — а вы, когда внизу Достоевского идёте, слышите, как пианино играет?»

Ребята задумались, вспомнили и ответили: «Да, это же из музыкальной школы, там где-то во дворах?»

«Там нет никакой музыкальной школы».

Пошли на лыжах на Златококшу ниже парка. Прикольно было ехать с закрытыми глазами и не думать, когда останавливаться. Сначала боишься упасть или врезаться, но потом понимаешь, что у тебя сотни километров впереди. Нет преграды как таковой. И мчишься, и восторг, прямо сравнимый с... Ладно, не буду говорить, хотя Саша меня поняла бы. Мы с ней иногда обсуждаем пошленькие темы... И потом я остановилась: всё вокруг белое. Не только река и берега вокруг, но и небо, и воздух — вообще всё. Он подъехал и, короче, естественно, первое, что сделали — «Когда я умру, а ты будешь кататься на лыжах...» Подняли вверх палки, как рыцари — мечи. Блеск!

Саша не то чтобы разлюбила Глеба, а может, поняла, что и не любила. Они стали встречаться, когда ей надо было «влюбиться на осень», а потом оказалось, что ничего между ними нет общего. Саша глубокая, а он поверхностный. Ещё бесит, что он знает, что он красивый, и гордится этим. Я её спросила: «Может, тебе просто нравилось, что он красивый?» А она опять в своём стиле: «Через тысячу лет это не будет иметь значения». Ну да.

Стали список проверять, что забыли из занятий и действий. «Когда ты умрёшь, а я буду...» Часть позиций уже была зачёркнута: собирать грибы, танцевать, пылесосить, носки, картошка, лыжи... Возникла мысль, а про туалет нужно? Ну а что: если все жизненные ситуации вместе проходить, то и эту? Потом решили: не надо, ведь мы проходим моменты, где ты с человеком вдвоём, а в туалет вместе же никто не ходит. И вычеркнули, короче. Но поржали от души. Потом задумались: а есть ещё ситуации, которые не надо проходить, в которых ты по определению один? Решили, что это сон. Поэтому не стали говорить: «Когда я умру, а ты будешь спать...»

Ну имелось в виду не сон, когда люди вместе спят в кровати, а как сновидение.

Пока с деньгами сложно: объехать весь мир до конца учебного года не получается. А у нас ведь задача попрощаться друг с другом и сказать: «Мне вообще норм» — на каждом сантиметре земного шара. Конечно, есть ещё космос, но мы же не шутим, а серьёзно разговариваем.

Он достал откуда-то старый проектор и слайды. Запустили на стену, началась география! Париж, Нью-Йорк, Сахара, Антарктида и прочие населённые пункты. Мы стали на фоне и стали прощаться: «Если я умру, а ты будешь в Париже...» Вообще, мне надо научиться писать по-литературному, а то у меня всегда такой поток сознания! Тупо же звучит: «стали на фоне и стали прощаться». Два раза подряд — «стали». Но не в этом дело. Мне очень понравилось! Я практически возрадовалась! Мы столько мест посетили! Вообще! Ещё мы прощались на фоне людей разных рас, на фоне пингвинов и крокодилов! А потом вырубилось электричество, мы зажгли свечки и затопили печь. Смотрим в окно, а там тоже — народ разжёг живой огонь. Я подумала, что вот этот момент точно запомню на всю жизнь. Когда я умру, а ты будешь топить печку, не переживай. Топи без меня спокойно. Мне вообще — норм.

Лёня мелкий, который блогер, признался в любви. Не то чтобы совсем, но всё-таки. Пришёл в училище, дождался, пока я с пары выйду, подходит такой, суёт записку: «Возьми, прочитай, когда одна будешь». И ушёл. Не убежал, а спокойно развернулся и ушёл. Я, естественно, поняла, что там: так только в любви признаются. Вопрос только — как он это сформулирует. Раскрыла на паре, там было написано: «Я про тебя думаю. Но тебя это ни к чему не обязывает». Отличненько. Мало мне других моральных ответственностей. Детский сад, но ответить что-то надо.

Поговорила с Сашей. Она сказала: «Откажи ему сразу, чтобы не мучился. Он хоть мелкий, но хороший, он даже тебе подходит. В общем, не мучай». Я и не собиралась, я нашла бы слова нормальные, но зачем надо было говорить, что он мне подходит? В каком смысле? What does it mean? Он мелкий, он ребёнок ещё, как я могу его рассматривать? Тем более я вообще никого не рассматриваю, у меня есть мужчина жизни, он же Бог.

Новый год решили провести необычно: решили в эту ночь не прощаться... Ааааа! Опять написала два одинаковых слова подряд! Решили — решили! Причём всё стихийно как-то получилось. Я ему: «Давай не будем сегодня прощаться, в Новый год грустно умирать». А он мне: «Ну не грустно, но неприлично». Я переспросила, и он развил такую теорию: «Ты умрёшь, а потом твои близкие не смогут нормально встречать Новый год. Им придётся каждый год в это время тебя вспоминать и грустить. Прилично так вообще поступать?» Ясно, шуточки у него. Я ему: «А когда прилично, по твоей логике?» Он: «Весной — нет, летом — вообще нет. Прикинь: июль, солнце, радость, а людям нужно быть в траурном настроении». Я такая: «Ноябрь?» Он одобрил. Налил шампанского и сказал: «Идеально. Приличный человек должен умирать в ноябре».

Попробую написать нормально, по-литературному. Без повторений слов. Итак. Пришла весна, подул тёплый ветер, который ощупывал лица людей, как слепой своими пальцами, который трогает носы и щёки, и улыбается, узнав каждого… Блин, опять два раза «который».

Его нет и нет. Я ничего не понимаю.

Весь город на ушах. Его забрали в полицию. Поговорить нельзя.

Наверное, буду мало писать. Орала дома у Саши полночи.

Нужно что-то делать. Спасти его. По всем телеканалам говорят, что он маньяк-убийца, что это он всех девушек убивал. Бред.

Всё раскрыл какой-то приезжий молодой следователь. Наши типа не смогли, а он такой приехал и раскрыл, и все улики есть. Надо его найти и поговорить. Не может быть так, что ничего нельзя сделать. Попрошу Сашу помочь. Чтоб ненавязчиво с ним познакомиться, не самой лезть. А вдруг он уедет завтра?

Молодой мужик. Лет на десять меня старше. За день стал звездой. Журналисты из Москвы приехали, его везде показали, все дела. Наверное, с ним можно по-человечески поговорить.

Саша его позвала на концерт. Там была сборная солянка: сначала пел Глеб, потом «Семейство куньих», «Дряхлеющая плоть» и «Совращённые заживо» с новым солистом. Этот следователь сидел скромно, а все на него пялились: он же звезда, спас город!

У нас же в стране смертная казнь теперь есть… Значит… Его убьют? В каком смысле? Вообще не устраивает!

Весь вечер просидели на квартире, была куча народа. Этого из Москвы носили на руках, все девушки перед ним просто бескрайними просторами расстилались, да и парни тоже. Глеб привык, что он всегда в центре внимания, а тут все смотрят на этого Василия. Я не знала, как начать говорить, он меня же совсем не знает. Я буду просто одна из этой толпы поклонников.

Орала всю ночь, Саша меня держала, сжимала в объятиях. Утром пойду в полицию, поговорю, скажу, что он не мог убить, что я с ним всю ночь была. Хотя понятно, какое ко мне после этого отношение будет, но это вообще не важно.

Его убьют? Умертвят? Слово ужасное. Влезло в голову и сидит.

Василия в полиции не было. Был наш дядька какой-то. Я ему говорить не хотела, а он настоял. Дальше был треш. Он меня практически обзывал, выдавал личностные оценки, как будто он мне отец и имеет право. Особенно когда я сказала, что была ночью с Гришей... Редко его по имени называла, а теперь жалею. С Сашей мы называли его «он», как будто у воздуха есть уши, и, если назвать имя, воздух донесёт его до летучих мышей, а те уже — жителям города. Потом пришёл этот Василий. На самом деле — заносчивый под видом скромника, хуже Глеба.

Он уехал, я просидела час в кабинете и не знала об этом. А оказывается, его просто уже нет. Всё, разговаривать не с кем. Значит, я совсем ничего не могу сделать? Я пошла по улице и — шла, шла, лишь бы не останавливаться, потому что, когда останавливаешься, уже нет никакой надежды. Когда идёшь, её тоже по факту нет, но надежда об этом не знает, пусть лучше думает, что она есть.

Дошла до вокзала, села и загадала, что он вернётся. Идиотизм налицо. Я вообще не знаю, куда он поехал и каким транспортом. Почему он должен вернуться именно сюда и почему вообще должен вернуться? Короче, он приехал вторым поездом. Просто двери открылись, и он вышел. Я не поверила. Так не бывает.

Он меня свозил на место преступления, всё рассказал. Объяснил, какие улики. Ну да...

Провели вместе целый день. Я его умоляла помочь, хотя это странно — умолять палача. Это же он всё «раскрыл», из-за него теперь Гришу умертвят. Интересно то, что я весь день даже не думала про то, что Гриша кого-то убил, что он убийца. Главное было его спасти.

Вспомнила, как полгода назад мы разговаривали об этих убийствах, обсуждали. Все же боятся. Я ему: «Так поймали же маньяка этого, всё уже нормально». Действительно, прошлым летом поймали кого-то, приговорили к смертной казни. Я даже не знаю — кого. А Гриша стал об этом говорить как-то тревожно, как будто о ком-то, кого он знает, как будто тот человек для него важен. Сказал что-то непонятное: «Может быть, он и виноват, может, он и убил... Но кто тогда в прошлом году убил? А в позапрошлом? Когда это началось?» Короче, он переживал, что казнят того, кто «маньяк». Может, это был его знакомый? Мало ли — город маленький. Я тогда не обратила внимания. Гриша тогда долго переживал, но что он мог сделать?

Весь день провела с Василием. Уговаривала, кричала, ревела, кидалась в него чашкой — бесполезно. Холодный, как холодильник... Нет, я не права: он вернулся, чтобы меня успокоить, весь день со мной шатался, возился. Он же вообще не обязан был этого делать. Просто изначально не собирался помогать. Зачем тогда вернулся? Такой... Человек системы... Как стена... Типа: «Всё понимаю, но сделать ничего не могу».

Этот день прошёл, как год. Мы были на водохранилище, в лесах — чёрт знает где. Потом он на поезд опоздал. Вернее, я так дотянула, чтобы опоздал. Чтобы был ещё шанс поговорить. Потому что второй раз он не вернулся бы. Повела его ночевать к Саше. Для Василия это всё было как будто Саша не в курсе. Но она всё знала, помогала. Целый вечер сидели, шутки шутили, играли, чай пили. Как будто друзья. А потом мы ушли с Сашей, оставили его ночевать. В принципе, могли и не уходить, коек бы хватило. Но мы специально так всё задумали, чтобы я вернулась и ещё раз попробовала. Дошли до дороги, Саша такая: «Ты понимаешь, чем всё закончится? Ночь, вы вдвоём, все дела?» Я такая: «Блин, Саш, это единственный шанс, мне уже всё пофигу, я хочу Гришу спасти». Она такая: «Он тебе всё равно не поможет, он же следователь. Расследовал, нашёл, а дальше — суд. Там совсем другие люди. Что он такого может сделать, сказать, что тебе поможет?» Я говорю: «Не знаю. Надо идти. Если я сейчас не пойду, получится, что не использовала единственный шанс». Она меня поцеловала и сказала: «Иди, конечно». И пошла к остановке. На секунду за неё стало страшно, потому что ощущение было, что маньяк сейчас где-то тут, близко, как будто это не конкретный человек, а какая-то сущность, функция, которая переходит от человека к человеку, вроде бациллы. «Будете друг друга убивать, пока никого не останется».

Я вернулась. Он открыл, увидел, мы сразу стали целоваться. Я вообще этого не планировала. Меня как будто монголы скинули в яму, и я просто летела, это уже не совсем я была. Восприятие глобально меняется: хорошо — плохо, друг — враг, все понятия пропадают. Мне даже казалось, что передо мной Гриша, и вообще, что все люди — это один человек, и поэтому быть вот так сейчас с Василием — никакое не преступление. И Гриша, и Вася, и я, и Саша — мы в принципе один человек. В общем, мы провели время в доме. Там дождь пошёл, это добавило эффекта, как будто мы на острове и остального мира не существует. А потом он сказал: «Я уже никто в этом деле, они будут без меня факты рассматривать, а потом суд». Я ему: «Но вдруг им что-то помешает?» И тут это прозвучало.

Он сказал: «Не знаю. В таких делах, только если убийства продолжаются, отменяют казнь». До меня не сразу дошло, потому что... Ну, у нас же ещё прямо в этот момент с ним было... Я переспросила, а он снова говорит: «Только если такие же убийства продолжаются, казнь отменяют, потому что понятно, что это не он». И мы уснули, вернее — он уснул, а я просто глаза закрыла. Сердце заколотилось, я всё поняла. Не думаю, что он специально мне подсказал, просто в романтической ситуации потерял контроль. Получается... Казнь откладывают не если убийства закончились... А если продолжаются...

Так, может быть, и Гриша кого-то так пытался спасти, а тот — ещё кого-то? Может, все эти убийства и происходят только оттого, что есть смертная казнь? Я ушла, пока он спал. Получается, всё было не зря, и я поняла, что делать.

Теперь нужно подождать около года, чтобы следующее убийство произошло в нужное время и в нужном месте, чтобы всё выглядело, как будто это делает один человек по какому-то своему ритуалу. Хотя не очень представляю, кого выбрать в жертвы. И как всё осуществить. Опыта у меня в таких делах — не особо.

Больше дневник вести не буду, потому что сойду с ума, если буду записывать мысли. А мне надо ещё год продержаться в здравом рассудке. Перед тем как всё делать, отдам дневник влюблённому Леониду. Потом меня поймают и «умертвят». Интересно, спасёт меня кто-нибудь? Меня кто-нибудь любит?

* * *

Вася проснулся, лёжа щекой на Сонином дневнике, бомжи собирали вещи.

— Ну что? — спросил старик.

— Что? — спросил Вася.

— Ну тогда и думать нечего, — старик стал уходить, за ним потянулись остальные.

Вася пошёл вдоль реки. Достал телефон, позвонил. Москва только просыпалась, было очень красиво. Лена ответила гудков через двадцать.

— Лена, здравствуйте. Извините, что рано.

— Вася? Ничего себе... Простите, я спала...

— Да, извините, у меня важное дело.

— Понимаю. Вы идёте сегодня на Гуманное Прощание? Я хотела, но там уже билеты закончились.

— Нет. Помните, вы хотели поехать «на дело»?

— Да, конечно, а можно?

Он представил, как Лена сейчас лежит в кровати, как на неё красиво падает солнце, и ветерок залетает в окно. А потом представил Соню, которая тоже просыпается и дышит тем же ветерком, но для неё это последнее утро. Потом Лена сядет завтракать, и Соня тоже позавтракает тюремной едой, но это будет её последний завтрак.

— Полетим в Ярск, я покажу вам тропу в лесу, на которой происходили убийства.

Он вспомнил, о чём думал, пока просыпался: просчитывал, как всё сделать максимально секретно, хотел даже попросить Васю-молодого организовать симку без паспорта, найти чужую одежду, приклеить бороду, но потом решил, что всё это не имеет смысла. Всё равно попадёт на камеры в аэропорту, «пробьют по базе». Тем более в той череде событий, в которую он собирался встроиться, в той роли, которую должен был сыграть, «не попасться» было не самым важным. Важно было спасти Соню.

Самым ранним рейсом они вылетели в сторону Ярска. Там, если взять машину, было недалеко до паромной переправы, а потом — и до самого города.

Добрались быстро, прошлись по улочкам. Даже посидели в кафе у стены с художественной гимнасткой. Так сложилось, что они пили кофе два раза в жизни и оба раза — около каких-то длинных стен.

— Вы, может быть, думаете, что я обижаюсь, — сказала Лена, — нет, не обижаюсь. Как случилось, так случилось.

— Спасибо, — сказал Вася.

— И потом тоже не вздумайте переживать. Мне — вообще норм.

Вася вздрогнул, потому что Лена не могла знать эту фразу, а совпадений таких не бывает. И то ли потому, что голоса у них были похожи, то ли потому, что прозвучало это здесь, в Ярске, показалось, что перед ним сидит Соня. Он вспомнил слова из её дневника о том, что все люди на земле — это один человек. Но не успел подумать об этом детально.

Солнце ушло сначала с груди гимнастки, потом с лица, потом с краешка ленты. Нужно было торопиться.

— У меня есть ещё минута? — спросила Лена. — Последний глоток.

За её волосами виднелся лес, хорошо было сидеть рядом. Она сказала:

— Вы видели, какие смешные афиши местных групп тут висят?

— Да, я даже был на концерте. «Печень трески» здесь — главные звёзды.

— У меня дедушка умер недавно, я разбирала его вещи и нашла похожие, из начала века. Он там такой молодой, красивый, с гитарой. И название группы такое же наивное, и шрифт такой же дурацкий.

— И? — сказал Вася.

— Я подумала, что вот так же всё было и десять лет назад, и сто. И ещё через сто — так же будет. Ну то есть нам кажется, что в будущем какие-то прекрасные люди будут летать в космических кораблях, что всё будет такое белое и прозрачное, а на самом деле — нет. Будут такие же деревянные тротуары, ржавые машины на кирпичах, и бабушки будут котам выносить остатки еды в тарелках.

— Скорее всего, — сказал Вася.

— Значит, никогда ничего не изменится?

— Пока предпосылок не видно, — Вася встал и положил под пепельницу несколько монет.

Они пошли из центра к старой части города, до которой в советское время не добрались новостройки. Остатки тротуаров обрывались за огородами и уходили в поля.

Глава восьмая. Конец истории

Прошёл ещё год. Машины ржавели на кирпичах, бабушки подкармливали котов, летом леса стояли зелёными, а к августу-сентябрю, в зависимости от региона, разделялись на цвета.

Фассбиндер и его жена проснулись поздно, вид из окон московского отеля был чудесный. Они позавтракали, прогулялись по бульварам и стали собираться. Жена заказала горничной погладить рубашку, повязала мужу галстук.

Это был второй заход на триумф: первый сорвался год назад, когда они так же приехали (главный телеканал всё оплатил), так же проснулись в отеле, прогулялись и красиво оделись. В зале Гуманного Прощания их встретили аплодисментами, посадили на лучшие места — в общем, всё шло хорошо. А потом в последний момент, когда исполнитель уже поднёс шприц к шее девчонки, вбежали сотрудники и закричали: «Стоп, это не она! Там новое убийство!»

Да, это было неприятно, на Фассбиндера смотрели с укором, но потом, слава богу, всё встало на свои места, настоящий маньяк был пойман, и сегодня сюрпризов не ожидалось.

Захотелось ещё немного погулять, но жена решила не рисковать белизной рубашки и чистотой ботинок.

— Лучше после, а то посадишь пятно.

Через полчаса подъехала служебная машина и отвезла их за город. У входа в тюрьму стояло много автобусов с телевидения. Когда шли по коридорам, всё время снимали, тянулись с микрофонами. Места в зале им предоставили самые лучшие, рядом с генералами и известными личностями. Жена Фассбиндера не поверила своему локтю, когда тот коснулся главного телеведущего страны, старого, может быть, уже столетнего человека, лицо которого она знала с детства.

— Pardon, — галантно сказал Ведущий, — вам очень идёт этот цвет.

Цвет был кофейный, сдержанный. Она долго думала, какое платье выбрать: с одной стороны, мероприятие не развлекательное, стоило надеть чёрное, но с другой — она не собиралась в день триумфа мужа ходить в трауре.

Знакомые и незнакомые люди кивали друг другу. Свет стал гаснуть, образовался приятный полумрак. К первому ряду вышли несколько людей в униформе и несколько в штатском. Главный штатский сказал тихо, почти шёпотом:

— Дамы и господа, мы очень рады видеть здесь всех: представителей прессы, министерства, общественности и просто значимых для страны лиц. Согласно закону Российской Федерации № 273884, принятому на основании распоряжения № 7583 об отмене моратория на смертную казнь, в рамках осуществления реализации приведения в исполнение приговора о смертной казни на территории исправительного учреждения повышенной комфортности № 85 приговор № 450 будет приведён в исполнение с процедурой Гуманного Прощания в камере повышенной комфортности № 1... Я прошу выключить телефоны. Итак, мы начинаем.

Находящаяся перед зрителями стена стала прозрачной, все увидели уютную комнату с накрытым столом посередине, с диванами и креслами по углам. Свет падал из окна, и хоть окно было компьютерным, качество деталей радовало: в доме напротив кто-то драил стёкла, дети играли на площадке, а в промежутках между домами проезжали автобусы и троллейбусы.

Открылась дверь, в комнату вошёл приговорённый. В хорошо отпаренном костюме, гладко выбритый. Это был тот самый Василий — следователь, который пару лет назад прославился на всю страну, а потом — вот оно как оказалось. Сел за стол, потрогал блюдечки, ложечки, налил себе чай. Отрезал торт, но есть не стал. Потом в комнату вошёл штатский с людьми в форме, зачитал приговор ещё раз. Василий кивнул. Штатский вернулся к зрителям:

— Господа, маленький вопрос. Никто не записался на Гуманное Прощание разговаривать с Приговорённым. Если есть желание — пожалуйста, у нас есть немного времени.

Все сидели молча, не проявляя инициативы. Но потом Ведущий, как школьник, поднял руку:

— А давайте попробую я? У нас ведь уже было с ним одно интервью.

Все закивали, а штатский сказал:

— Для нас будет огромной честью, если это сделает такой уважаемый человек.

Ведущий прошёл между рядами, ему захотели помочь, но он сам бодро спустился со зрительского подиума, поправил костюм и вошёл в комнату для прощаний. Сказал Васе:

— Здравствуйте.

Он не сразу решил, куда сесть. Поискал глазами камеры, не нашёл и растерялся. Потом, видимо, подумал, что раз зрители за прозрачной стеной, нужно сесть лицом в ту сторону. Но «в ту сторону» уже сидел Вася. Оставалось либо сесть с ним рядом, либо спиной к зрителям. Оба варианта не подходили: спиной — не увидят его лицо, а рядом — получится, что он как будто на одной стороне с преступником. Ведущий потоптался и сел в торце стола, оказавшись к зрителям в профиль.

— Василий, — сказал он, — так получилось, что я последний человек, с кем вы будете разговаривать в этой жизни… Не в том смысле, что я верю в другие жизни, я — атеист, но имеется в виду — пока вы живы.

Вася кивнул.

— И мой первый вопрос: вы ни о чём не жалеете?

Вася налил Ведущему чая. Сказал спокойно:

— Надо не так разговаривать.

Ведущий не понял.

— Надо не так, — повторил Вася. — Под страхом скорой смерти включаются особые механизмы, и люди начинают говорить на отвлечённые темы... Им важно перестать считать секунды, они начинают обсуждать всякую ерунду: погоду, хобби, рецепты супа. Понимаете?

— Кажется, да, — сказал Ведущий — У вас какое хобби?.. Было? Какое у вас было хобби?

— Никакого, — Вася глотнул чая, — жил себе, и всё... Не очень понимаю, зачем оно нужно.

— Ну, — Ведущий тоже выпил, — людям это помогает занять время жизни. По-английски — lifetime.

— А почему нельзя сказать просто — life? Понятно же, что жизнь?

— Это особенность английского языка. Нам как бы в одном слове дают понять, что жизнь — это время, которое сначала есть, и которого потом нет.

— Так всё равно же непонятно, сколько его, — сказал Вася.

— Ну как непонятно! Чем дальше, тем меньше.

— Вам уже есть сто лет?

— Один мой знакомый, — сказал Ведущий, проигнорировав вопрос, — любит прыгать с парашютом. Это экстремальное хобби. Такие, как правило, распространены у людей офисных профессий. Человек чувствует, что живёт тускло, неинтересно, — и пытается добрать.

— Ещё некоторые любят сплавляться на байдарках.

— Да, да, в таком роде! А другой знакомый, наоборот, ездит по работе в горячие точки, рискует ежедневно, и у него хобби — знаете какое? Рисует акварелью. В японском стиле.

— Понятно, — сказал Вася, — а у меня есть знакомый, который собирает картонные коробки.

— Интересно. А для чего?

— Угадайте.

— Для дома? Складывать вещи?

— Нет.

— Ему нравится гладить картон?

— Нет. Давайте — последняя попытка.

— Ему нравится представлять себя человеком, которого увольняют из офиса, как в американском кино?

Вася поставил чашку на стол.

— Вы очень умный человек. Угадали.

— Но зачем? Какая у него профессия?

— Профессия как профессия... Но он прожил жизнь, каждый год, каждый день мечтая вырваться из той среды, к которой был прикован. И ему нравилось находить новую картонную коробку и идти с ней по городу, как по офису, из которого его уволили.

— Сюда, видимо, присовокупляется приятное чувство того, что ты можешь все свои вещи, всю жизнь уместить в одну коробку? Что тебя не держит ничего?

— Конечно! Плюс завистливые взгляды коллег. Казалось бы, увольнение — это плохо, а с другой стороны — человек идёт к новой, ещё не найденной, несформулированной жизни. И у него надежды гораздо больше, чем у тех, кто остаётся.

— Тогда, — сказал Ведущий, — это получается даже не хобби, а терапия или особый род медитации через ролевую игру?

— Да, — кивнул Вася, — вот так, как вы сейчас сказали... Скажите, вам уже есть сто лет?

Ведущий посмотрел на часы.

— Скажите, Василий, вот ещё чуть-чуть — и конец века. Очередного века нашей истории. Как вы думаете... Прекратятся эти убийства? Когда-то ведь должно?

— Вам уже есть сто лет? — в третий раз спросил Вася.

Ведущий опустил голову и тихо сказал:

— Мне больше...

Он сжал плечи, стал меньше в размерах, и если бы не новый вопрос, продолжил бы уменьшаться.

— Как вам это удаётся? — спросил Вася. — Мы все умрём, а вы, наверное, и двадцать первый век переживёте?

Ведущий закрыл глаза ладонями, прошептал:

— Нет никакого двадцать первого века, вас обманывают.

— В каком смысле?

— Когда я родился, всё было нормально… Был двадцатый век… И нам говорили: «Вы — новое поколение, вам жить в двадцать первом веке, в будущем».

— И что же?

— Двадцать первый век — это будущее… Понимаете?.. А человек не может жить в будущем, он живёт в настоящем. Значит, пока я живу, нет никакого двадцать первого века! И двадцать второго не будет. Потому что… нельзя жить в будущем…

В комнату вошли врачи и штатский с охраной.

— Просьба заканчивать.

Вася вытер губы салфеткой, сел ровно и наклонил голову, чтобы врачам было удобнее колоть.

— Вас кто-нибудь любит? — спросил Ведущий.

— Это выясняется в данный момент, — сказал Вася.

Андрій Бульбенко, Марта Кайдановська
СИДИ Й ДИВИСЬ

Максим Бородін В КІНЦІ ВСІ СВІТЯТЬСЯ

Олег Ладиженський БАЛАДА СОЛДАТІВ.
Вірші воєнних часів

Олег Ладыженский БАЛЛАДА СОЛДАТ.
Стихи военных дней

Александра Крашевская
КОЛЫБЕЛЬНАЯ ПО МАРИУПОЛЮ.
Предисловие Линор Горалик

Ольга Гребенник ВОЕННЫЙ ДНЕВНИК

Андрей Краснящих БОГ ЕСТЬ +/–

Мария Галина НИНЕВИЯ
Предисловие Марка Липовецкого

Борис Херсонский POST PRINTUM

Ирина Евса ДЕТИ РАХИЛИ

Александр Кабанов СЫН СНЕГОВИКА

Юрий Смирнов РЕКВИЗИТОР

Алексей Никитин ОТ ЛИЦА ОГНЯ

Сборник современной украинской поэзии
ВОЗДУШНАЯ ТРЕВОГА

Валерий Примост ШТАБНАЯ СУКА

Анатолий Стреляный ЧУЖАЯ СПЕРМА

Артём Ляхович ЛОГОВО ЗМИЕВО

Серия «Отцы и дети»
Иван Тургенев ОТЦЫ И ДЕТИ.
Предисловие Александра Иличевского

Лев Толстой ХАДЖИ-МУРАТ. Предисловие Дмитрия Быкова

Александр Пушкин, Тарас Шевченко, Николай Карамзин,
Евгений Баратынский, Михаил Лермонтов, Григорий
Квитка-Основьяненко БЕДНЫЕ ВСЕ.
Предисловие Александра Архангельского

Поэзия

Демьян Кудрявцев ЗОНА ПОРАЖЕНИЯ

Дмитрий Быков НОВЫЙ БРАУНИНГ

Татьяна Вольтская ТЫ ДОЖИВЁШЬ

Вера Павлова ЛИНИЯ СОПРИКОСНОВЕНИЯ

Алина Витухновская ТИХИЙ ДРОН

Евгений Клюев Я ИЗ РОССИИ. ПРОСТИ

Виталий Пуханов РОДИНА ПРИКАЖЕТ ЕСТЬ ГОВНО

Вадим Жук СЛИШКОМ ЧЁРНАЯ СОБАКА.
Дифирамб Владимира Гандельсмана

Двуязычные издания

Александр Пушкин
НЕВОЛЬНЫЙ ЧИЖИК/A CAPTIVE FINCH
Перевод на английский Леонида Бершидского
Предисловие Татьяны Малкиной

КАК НАМ ЭТО ПЕРЕЖИТЬ /
HOW ARE WE MEANT TO SURVIVE THIS
Составитель Татьяна Бонч-Осмоловская

Драматургия

Светлана Петрийчук
ТУАРЕГИ. СЕМЬ ТЕКСТОВ ДЛЯ ТЕАТРА.
Предисловие Михаила Дурненкова

Сергей Давыдов ПЯТЬ ПЬЕС О СВОБОДЕ

Сборник ПЯТЬ ПЬЕС О ВОЙНЕ.
Составитель Сергей Давыдов

Литература нон-фикшн

«Новая газета-Европа» ГЛУШЬ

Людмила Штерн БРОДСКИЙ: ОСЯ, ИОСИФ, JOSEPH

Людмила Штерн ДОВЛАТОВ — ДОБРЫЙ МОЙ ПРИЯТЕЛЬ

Илья Бер, Даниил Федкевич, Н.Ч., Евгений Бунтман,
Павел Солахян, С. Т. ПРАВДА ЛИ.
Послесловие Христо Грозева

Серия «Февраль/Лютий»
Андрей Мовчан ОТ ВОЙНЫ ДО ВОЙНЫ
Светлана Еремеева МЁРТВОЕ ВРЕМЯ
**** ******* У ФАШИСТОВ МАЛО КРАСКИ
Сборник эссе НОСОРОГИ В КНИЖНОЙ ЛАВКЕ
Сергей Шелин ЗАНИМАТЕЛЬНАЯ РОССИЯ. 228 ОТВЕТОВ

Серия «Кода»
Андрей Козырев ЖАР-ПТИЦА
Нина Хрущёва ХРУЩЁВ. Полная авторская версия

Серия «Версии»
Михаил Крутихин ИГРА В РЕВОЛЮЦИЮ.
Иранские агенты Кремля
Хаим Бен Яков ЧЕМОДАН, ВОКЗАЛ, ИЗРАИЛЬ.
К истории антисемитизма в СССР.
Вступительное слово Тамары Эйдельман.
Предисловие Давида Маркиша

Серия «Не убоюсь зла»
Натан Щаранский НЕ УБОЮСЬ ЗЛА
Илья Яшин СОПРОТИВЛЕНИЕ ПОЛЕЗНО
Выступления российских
политзаключённых и обвиняемых
НЕПОСЛЕДНИЕ СЛОВА
Илья Шакурский ЗАПИСКИ ИЗ ТЕМНОТЫ

Серия «Документы века»
1000 NAMES. A LIST OF POLITICAL PRISONERS IN RUSSIA

Серия «Учебники рассеянных»
Дмитрий Быков СТРАШНОЕ. ПОЭТИКА ТРИЛЛЕРА